# LE BAL DU COMTE D'ORGEL

*Paru chez le même Éditeur :*

LE DIABLE AU CORPS, roman.
LES JOUES EN FEU, poèmes.
LE BAL DU COMTE D'ORGEL.


*Paru dans Le Livre de Poche :*

LE DIABLE AU CORPS.

# RAYMOND RADIGUET

# *Le bal du comte d'Orgel*

PRÉFACE DE JEAN COCTEAU

BERNARD GRASSET

# PRÉFACE

Raymond Radiguet est né le 18 juin 1903; il est mort, sans le savoir, le 12 décembre 1923, après une vie miraculeuse.

Le tribunal des lettres estime qu'il avait le cœur sec. Raymond Radiguet avait le cœur dur. Son cœur de diamant ne réagissait pas au moindre contact. Il lui fallait du feu et d'autres diamants. Il négligeait le reste.

N'accusez pas le destin. Ne parlez pas d'injustice. Il était de la race grave dont l'âge se déroule trop vite jusqu'au bout.

" Les vrais pressentiments ", écrivait-il à la fin du Diable au corps, " se forment à des " profondeurs que notre esprit ne visite pas. " Aussi, parfois, nous font-ils accomplir des " actes que nous interprétons tout de travers... " Un homme désordonné qui va mourir et ne

" s'en doute pas met souvent de l'ordre autour
" de lui. Sa vie change. Il classe des papiers. Il
" se lève tôt, il se couche de bonne heure. Il
" renonce à ses vices. Son entourage se félicite.
" Aussi sa mort brutale semble-t-elle d'autant
" plus injuste. *Il allait vivre heureux.* "

Depuis quatre mois, Raymond Radiguet devenait exact; il dormait, il classait, il recopiait.

J'eus la sottise de me réjouir; j'avais pris pour
un désordre maladif l'enchevêtrement d'une machine qui taille le cristal.

Voici ses dernières paroles :

*Écoutez,* me dit-il le 9 décembre, *écoutez une
chose terrible. Dans trois jours je vais être fusillé
par les soldats de Dieu.* Comme j'étouffais de
larmes, que j'inventais des renseignements contra-
dictoires : *Vos renseignements,* continua-t-il, *sont
moins bons que les miens. L'ordre est donné. J'ai
entendu l'ordre.*

Plus tard, il dit encore : *Il y a une couleur qui
se promène et des gens cachés dans cette couleur.*

Je lui demandai s'il fallait les chasser. Il répondit : *Vous ne pouvez pas les chasser puisque vous ne
voyez pas la couleur.*

Ensuite, il sombra.

Il remuait la bouche, il nous nommait, il

posait ses regards avec surprise sur sa mère, sur son père, sur ses mains.

Raymond Radiguet commence.

Car il laisse trois volumes. Un recueil de poésies inédites, LE DIABLE AU CORPS, chef-d'œuvre de promesses, et les promesses tenues : LE BAL DU COMTE D'ORGEL

On s'effraie d'un enfant de vingt ans qui publierait un livre qu'on ne peut écrire à cet âge. Les morts d'hier sont éternels. Auteur sans âge d'un livre sans date, voilà le romancier du BAL.

Ce BAL, il en recevait les épreuves, dans la chambre d'hôtel où la fièvre le dévora. Il se proposait de n'y apporter aucune retouche.

La mort nous supprime des souvenirs de sa formation; trois contes; un vaste appendice au DIABLE : ILE DE FRANCE, ILE D'AMOUR; et CHARLES D'ORLÉANS, tableau d'Histoire, imaginaire au même titre que la fausse autobiographie de son premier roman*.

Le seul honneur que je réclame est d'avoir donné pendant sa vie à Raymond Radiguet, la place illustre que lui vaudra sa mort.

Jean COCTEAU.

P.-S. — Malgré la répugnance de Raymond
Radiguet pour toute chose d'ordre monstrueux
et pour les enfants prodiges — à quinze ans il
s'en prêtait dix-neuf — il convient de rappeler
que ses poèmes furent écrits entre quatorze et
dix-sept ans, LE DIABLE AU CORPS, entre seize
et dix-huit, LE BAL DU COMTE D'ORGEL, entre
dix-huit et vingt**.

Il se documentait pour LE BAL, depuis 1921. En
l'achevant à la campagne, vers la fin de septembre 1923, il déchira ses fiches. Dans la boîte qui
contenait celles du CHARLES D'ORLÉANS j'en
trouve une, conservée sous enveloppe. Elle me
semble précieuse. Je la transcris :

## LE BAL D'ORGEL

*Roman où c'est la psychologie qui est romanesque.*

*Le seul effort d'imagination est appliqué là, non
aux événements extérieurs, mais à l'analyse des sentiments.*

*Roman d'amour chaste, aussi scabreux que le roman
le moins chaste. Style : genre mal écrit comme l'élé-
gance doit avoir l'air mal habillée.*

*Côté " mondain ".*

*Atmosphère utile au déploiement de certains senti-
ments, mais ce n'est pas une peinture du monde; différence avec Proust. Le décor ne compte pas.*

Les notes suivantes qui confirment deux passages de ma préface ont été trouvées parmi les fiches de Raymond Radiguet.

*Sans date.*

## A PROPOS DU DIABLE AU CORPS

*On a voulu voir en mon livre des confessions. Quelle erreur! Les prêtres connaissent bien ce mécanisme de l'âme, observé chez les jeunes garçons et chez les femmes, de fausses confessions, celles où l'on se charge de méfaits non commis, par orgueil. C'est à la fois pour donner au Diable le relief d'un roman que tout y est faux, et ensuite pour peindre la psychologie du jeune garçon, héros du livre. Cette fanfaronnade fait partie de son caractère.*

**Septembre 1920.*

*" Ces prodiges prématurés d'esprit qui deviennent au bout de quelques années des prodiges de bêtise! "*
*Quelle famille ne possède son enfant prodige? Elles ont inventé le mot. Certes il existe des enfants prodiges. Ce sont rarement les mêmes. L'âge n'est rien. C'est*

*l'œuvre de Rimbaud et non l'âge auquel il l'écrivit qui m'étonne. Tous les grands poètes ont écrit à dix-sept ans. Les plus grands sont ceux qui parviennent à le faire oublier.*

*M. Paul Valéry, à une récente enquête :* Pourquoi écrivez-vous? *répondit :* Par faiblesse.

*Je crois qu'au contraire, la faiblesse serait de ne pas écrire. Rimbaud s'arrêta-t-il d'écrire, doutant de lui-même et pour soigner sa mémoire? Je ne le pense pas. On fait toujours mieux. Mais que les timides qui n'osent pas montrer leurs œuvres en attendant de faire mieux ne trouvent pas ici une excuse à leur faiblesse. Car dans un certain sens, plus subtil, on ne fait jamais mieux, on ne fait jamais plus mal.*

Les mouvements d'un cœur comme celui de la comtesse d'Orgel sont-ils surannés? Un tel mélange du devoir et de la mollesse semblera peut-être, de nos jours, incroyable, même chez une personne de race et une créole. Ne serait-ce pas plutôt que l'attention se détourne de la pureté, sous prétexte qu'elle offre moins de saveur que le désordre?

Mais les manœuvres inconscientes d'une âme pure sont encore plus singulières que les combinaisons du vice. C'est ce que nous répondrons aux femmes, qui, les unes, trouveront Mme d'Orgel trop honnête, et les autres trop facile.

La comtesse d'Orgel appartenait par sa naissance à l'illustre maison des Grimoard de la Verberie. Cette maison brilla pendant de nombreux siècles d'un lustre incomparable. Ce n'est pourtant pas que les ancêtres de Mme d'Orgel se fussent donné le moindre mal. Toutes les circonstances glorieuses auxquelles les autres familles

doivent leur noblesse, cette maison tire son orgueil
d'y être restée étrangère. Une pareille attitude
ne va point à la longue sans danger. Les
Grimoard étaient au premier rang de ceux qui
inspirèrent à Louis XIII la résolution d'affaiblir la noblesse féodale. Leur chef supporta
mal cette injure, et c'est avec bruit qu'il quitta
la France. Les Grimoard s'installèrent à la
Martinique.

Le marquis de la Verberie retrouve sur les
indigènes de l'Ile la puissance de ses aïeux sur
les paysans de l'Orléanais. Il dirige des plantations de cannes à sucre. En satisfaisant son besoin
d'autorité, il accroît sa fortune.

Nous commençons alors à assister à un singulier changement de caractère dans cette famille.
Sous un soleil délicieux, il semble que fonde peu
à peu l'orgueil qui la paralysait. Les Grimoard,
comme un arbre sans élagueur, étendent des
branches qui recouvrent presque toute l'île.
En débarquant, on va leur rendre ses devoirs.
Qu'un nouveau venu se découvre une parenté
avec eux, sa fortune est faite. Aussi le premier
soin de Gaspard Tascher de la Pagerie arrivant
dans l'Ile, sera-t-il d'établir son cousinage, tout
lointain qu'il soit. Le mariage d'un Grimoard
avec une demoiselle Tascher noue ces liens
un peu lâches. Cependant les années passent.

Malgré les Grimoard, les Tascher de la Pagerie ne jouissent pas d'une grande considération. La défaveur, le scandale même atteignent à leur comble, lorsque la jeune Marie-Joseph Tascher s'embarque pour la France et que l'on publie les bans de son mariage avec un Beauharnais, dont le père possède des plantations à Saint-Domingue.

Les Grimoard furent les seuls à ne point tenir rigueur à Joséphine après le divorce. C'est elle qui leur annonce la Révolution. Ils accueillent cette nouvelle avec plaisir. Les Grimoard n'avaient jamais pensé que la famille qui les avait dépouillés de leurs droits pût encore tenir longtemps sur le trône. Peut-être crurent-ils d'abord la Révolution menée par les seigneurs, et pour eux. Mais quand ils sauront la tournure des choses de France, ils blâmeront ceux à qui on coupe la tête de n'avoir pas suivi leur exemple, de n'être pas partis au bon moment, c'est-à-dire sous Louis XIII.

De leur île, comme des voisins malveillants derrière leur judas, ils observent le vieux continent. Cette Révolution les égaie. Quoi de plus drôle, par exemple, que ce mariage de la petite cousine avec un général Bonaparte! Mais où la plaisanterie leur paraîtra excessive, ce sera lors de la proclamation de l'Empire. Ils y voient l'apothéose de la Révolution. Le bouquet de ce feu d'artifice retombe en une pluie de croix, de titres, de fortunes. Cette immense mascarade, où l'on change de nom comme on met un faux-nez, les blesse. On assiste dans la Martinique à un branle-bas curieux. L'île charmante se dépeuple en un clin d'œil. Joséphine, qui se constitue une famille, essaie d'attacher à la Cour ses parents les plus vagues, quelquefois les plus humbles, mais dont les noms ne datent pas d'hier. C'est aux Grimoard qu'elle a pensé d'abord. Les Grimoard ne répondent pas. Ce ne sera qu'une fois Joséphine répudiée que l'on renouera avec elle. Le marquis lui écrira même une lettre fort morale, lui disant qu'il n'avait jamais pu prendre la chose au sérieux. Il lui offre son toit. Sa haine pour l'Empire éclate. Jusque-là, il se retenait, à cause de leur parenté.

Il pourra surprendre qu'en suivant cette famille le long des siècles, nous ayons feint de ne voir qu'un personnage, toujours le même. C'est que nous nous soucions peu, ici, des Grimoard, mais de celle en qui ils vivent. Il faut comprendre que Mlle Grimoard de la Verberie, née pour le hamac sous des cieux indulgents, se trouve dépourvue des armes qui manquent le moins aux femmes de Paris et d'ailleurs, quelle que soit leur origine.

Mahaut, à sa naissance, avait été reçue sans grand enthousiasme. La marquise Grimoard de la Verberie n'avait jamais vu de nouveau-né. Quand on présenta Mahaut à sa mère, cette femme qui avait subi avec courage les douleurs de l'enfantement s'évanouit, croyant avoir fait un monstre. Quelque chose lui resta de ce premier choc, et Mahaut, petite, fut entourée de suspicion. Comme elle ne parla qu'assez tard, sa mère la croyait muette.

Mme Grimoard attendait un autre enfant avec impatience, espérant un garçon. Elle le parait d'avance de toutes les vertus refusées à sa fille. Elle était grosse lorsqu'un affreux cataclysme détruisit Saint-Pierre. La marquise fut sauvée par miracle, mais on craignit un moment pour sa raison, et pour l'enfant qu'elle allait mettre au monde. Cette île ne lui inspira désormais que de l'horreur; elle refusa d'y rester. Les médecins représentèrent à son mari combien il serait criminel de la contrarier. C'est ainsi que les Grimoard, que rien n'avait pu convaincre, même la promesse d'un royaume, débarquèrent en France, au mois de juillet 1902. Par hasard le domaine de la Verberie était à vendre. Ce fut avec la conviction de venger ses ancêtres que le marquis réintégra leur domaine. Il se croyait son propre ancêtre et rappelé par Louis XIII suppliant; il

passa toute sa vie en procès avec des paysans dont
il pensait être encore le seigneur.

Mme Grimoard mit au jour un enfant mort.
Par un accident féminin, dont le cataclysme fut
cause, elle devint hors d'état de prétendre à la
maternité. Son désespoir s'accrut du fait que
le mort-né était un garçon. La marquise y gagna
une prostration maladive, qui fit d'elle une
créole des images, passant sa vie sur une chaise
longue.

Son cœur de mère ne pouvant plus espérer de
fils, ne semble-t-il pas que son amour pour Mahaut
aurait dû s'accroître? Mais cette petite fille, si
pleine de vie, si turbulente, lui semblait presque
une offense à ses espoirs brisés.

Mahaut grandissait à la Verberie comme une
liane sauvage. Sa beauté, son esprit ne naquirent
pas en un jour, mais plus sûrement. C'était chez
la vieille négresse Marie, que l'on se prêtait chez
les Grimoard comme un objet de famille, que
Mahaut trouvait de la vraie tendresse; une tendresse subalterne, c'est-à-dire celle qui ressemble
le plus à de l'amour.

Après la séparation, il fallut bien élever Mahaut
à la Verberie même. Ce fut aux mains d'une vieille
fille sans fortune, et d'une excellente famille de
province, que passa Mlle Grimoard. Sa mère
somnolait toute la journée; le seul soin que prit

d'elle son père fut de lui apprendre que personne
n'était digne d'une Grimoard. Mais la fraîcheur
de ses premières enfances, elle la retrouva en
épousant, à dix-huit ans, le comte Anne d'Orgel, un assez beau nom de chez nous. Elle s'éprit
follement de son mari qui, en retour, lui en témoi-
gna une grande reconnaissance et l'amitié la
plus vive, que lui-même prenait pour de l'amour.
La négresse Marie fut la seule à ne pas voir cette
alliance d'un bon œil. Son reproche était fondé
sur la différence d'âge. Elle trouvait le comte
d'Orgel trop vieux. Marie entra néanmoins à
l'hôtel d'Orgel pour ne pas être séparée de la
comtesse. Elle n'avait, disait-on, rien à faire.
Mais parce que son emploi n'était pas défini, les
domestiques se déchargeaient sur elle de mille
petites besognes. A la fin de ses journées, la
négresse tombait de fatigue.

Le comte Anne d'Orgel était jeune; il venait
d'avoir trente ans. On ne savait de quoi sa gloire,
ou du moins son extraordinaire position était
faite. Son nom n'y entrait pas pour grand-chose,
tant, même chez ceux qu'hypnotise un nom, le
talent prime tout. Mais, il faut le reconnaître, ses
qualités n'étaient que celles de sa race, et son
talent mondain. Son père, qu'on admirait en se
moquant, venait de mourir. Anne, aidé de Mahaut,
redonna un lustre à l'hôtel d'Orgel, où naguère

l'on s'était bien ennuyé. Ce furent les Orgel qui,
si l'on peut dire, ouvrirent le bal au lendemain
de la guerre. Le feu comte d'Orgel eût trouvé
sans doute que son fils faisait trop de place, dans
ses invitations, au mérite personnel et à la fortune. Cet éclectisme, sévère malgré tout, ne fut
pas la moindre raison du succès des Orgel. Il
contribua d'autre part à les faire blâmer par ceux
de leurs parents qui dépérissaient d'ennui à ne
recevoir que des égaux. Aussi les fêtes de l'hôtel
d'Orgel étaient à ces parents une occasion unique
de distraction et de médisance.

Parmi les hôtes dont la présence eût dérouté
le feu comte d'Orgel, on doit mettre au premier
plan Paul Robin, un jeune diplomate. Il considérait comme une chance d'être reçu dans certaines maisons; et la plus grande chance, à ses
yeux, était d'aller chez les Orgel. Il classait les
gens en deux groupes : d'un côté ceux qui étaient
des fêtes de la rue de l'Université, et, de l'autre,
ceux qui n'en étaient point. Ce classement allait
jusqu'à le retenir dans ses admirations; il en usait
ainsi envers son meilleur ami, François de Séryeuse, auquel il reprochait secrètement de ne
tirer aucun avantage de sa particule. Paul Robin,
assez naïf, jugeait les autres d'après lui-même.
Il ne pouvait concevoir que les Orgel ne repré-

sentassent à François rien d'exceptionnel, et
qu'il ne cherchât d'aucune façon à forcer les
circonstances. Paul Robin, d'ailleurs, était heureux de cette supériorité fictive et n'essayait pas
d'y mettre fin.

On ne pouvait rêver deux êtres plus loin l'un
de l'autre que ces deux amis. Cependant ils
croyaient s'être liés à cause de leurs ressemblances.
C'est-à-dire que leur amitié les poussait à se ressembler, dans la limite du possible.

L'idée fixe de Paul Robin était d' "arriver".
Alors que d'autres ont le travers de croire qu'on
les attendra toujours, Paul trépignait en pensant
qu'il allait manquer le train. Il croyait aux "personnages" et que l'on peut jouer un rôle.

Débarrassé de toute cette niaise littérature,
invention du XIXᵉ siècle, quel n'eût pas été son
charme!

Mais ceux qui ne sentent pas les qualités profondes et se laissent prendre aux masques n'osent
s'aventurer, par crainte de sables mouvants.
Paul croyait s'être réussi une figure; en réalité,
il s'était contenté de ne pas combattre ses défauts.
Cette mauvaise herbe l'avait peu à peu envahi et
il trouvait plus commode de faire penser qu'il
agissait par politique alors que ce n'était que faiblesse. Prudent jusqu'à la lâcheté, il fréquentait

divers milieux; il pensait qu'il faut avoir un pied
partout. A ce jeu, on risque de perdre l'équilibre.
Paul se jugeait discret, il n'était que cachottier.
Ainsi divisait-il sa vie en cases : il croyait que lui
seul pouvait passer de l'une à l'autre. Il ne savait
point encore que l'univers est petit et que l'on se
retrouve partout. " Je dîne chez des gens ",
répondait-il à François de Séryeuse l'interro-
geant sur l'emploi de sa soirée. Ces " gens "
signifiaient pour lui " mes gens ". Ils lui apparte-
naient. Il en avait le monopole. Une heure après,
il retrouvait Séryeuse à son dîner. Mais malgré
les tours que lui jouait la cachotterie, il ne s'en
pouvait défaire.

Par contre, Séryeuse était l'insouciance même.
Il avait vingt ans. Malgré son âge et son oisiveté, il était bien vu par des aînés de mérite.
Assez fou sous bien des rapports, il avait eu la
sagesse de ne pas brûler les étapes. Le dire pré-
coce, rien n'eût été plus inexact. Tout âge porte
ses fruits, il faut savoir les cueillir. Mais les jeunes
gens sont si impatients d'atteindre les moins
accessibles, et d'être des hommes, qu'ils négli-
gent ceux qui s'offrent.

En un mot, François avait exactement son âge.
Et, de toutes les saisons, le printemps, s'il est la
plus seyante, est aussi la plus difficile à porter.

La seule personne en compagnie de laquelle

il se vieillît était Paul Robin. Ils exerçaient l'un
sur l'autre une assez mauvaise influence.

Le samedi 7 février 1920, nos deux amis étaient
au cirque Médrano. D'excellents clowns y atti-
raient le public des théâtres.

Le spectacle était commencé. Paul, moins
attentif aux entrées des clowns qu'à celles des
spectateurs, cherchait des visages de connaissance. Soudain, il sursauta.

En face d'eux entrait un couple. L'homme
fit, avec son gant, un léger bonjour à Paul.

— C'est bien le comte d'Orgel? demanda
François.

— Oui, répondit Paul, assez fier.

— Avec qui est-il? Est-ce sa femme?

— Oui, c'est Mahaut d'Orgel.

Dès l'entracte, Paul fila comme un malfaiteur,
profitant de la cohue, à la recherche des Orgel,
qu'il souhaitait voir, mais seul.

Séryeuse, après avoir fait le tour du couloir,
poussa la porte des Fratellini. On se rendait
dans leur loge comme dans celle d'une dan-
seuse.

Il y avait là des épaves grandioses, des objets
dépouillés de leur signification première, et qui,
chez ces clowns, en prenaient une bien plus haute.

Pour rien au monde, M. et Mme d'Orgel ne

se fussent dispensés, étant au cirque, de cette visite aux clowns. Pour Anne d'Orgel, c'était se montrer simple.

Voyant entrer Séryeuse, le comte mit immédiatement ce nom sur son visage. Il reconnaissait chacun, ne l'eût-il aperçu qu'une fois, et d'un bout d'une salle de spectacle à l'autre; ne se trompant ou n'écorchant un nom que lorsqu'il le voulait.

Il devait à son père l'habitude d'adresser la parole à des inconnus. Le feu comte d'Orgel s'attirait fréquemment des réponses désagréables de personnes qui n'acceptent pas ce rôle de bête curieuse.

Mais ici, l'exiguïté de la loge ne pouvait permettre à ceux qui s'y trouvaient de s'ignorer. Anne joua une minute avec Séryeuse en lui adressant quelques phrases sans lui montrer qu'il le connaissait de vue. Il comprit que François était gêné de n'avoir pas été reconnu et que la partie se jouât inégale. Alors, se tournant vers sa femme : " M. de Séryeuse, dit-il, ne semble pas nous connaître aussi bien que nous le connaissons. " Mahaut n'avait jamais entendu ce nom, mais elle était habituée aux manèges de son mari.

— J'ai souvent, ajouta ce dernier en souriant à Séryeuse, prié Robin " d'organiser quelque

chose ". Je le soupçonne de faire mal les com-
missions.

Venant de voir François avec Paul, dont il
connaissait le travers, il mentait comme l'affa-
bilité sait mentir.

Tous les trois raillèrent les cachotteries de
Robin. On décida de le mystifier. Il fut entendu
entre Anne d'Orgel et François que l'on fein-
drait de se connaître de longue date.

Cette innocente farce supprima les préliminaires de l'amitié. Anne d'Orgel voulut faire
visiter à François, qui la connaissait, l'écurie
du cirque, comme si c'eût été la sienne.

De temps en temps, quand il sentait qu'elle
ne pouvait le surprendre, François jetait un coup
d'œil sur Mme d'Orgel. Il la trouvait belle, mépri-
sante et distraite. Distraite, en effet; presque rien
n'arrivait à la distraire de son amour pour le
comte. Son parler avait quelque chose de rude.
Cette voix, d'une grâce sévère, apparaissait
rauque, masculine aux naïfs. Plus que les traits,
la voix décèle la race. La même naïveté eût fait
prendre celle d'Anne pour une voix efféminée.
Il avait une voix de famille et ce fausset conservé
au théâtre.

Vivre un conte de fées n'étonne pas. Son souvenir seul nous en fait découvrir le merveilleux.
François appréciait mal ce qu'avait de romanes-

que sa rencontre avec les Orgel. Ce tour qu'ils voulaient jouer à Paul les liait. Ils se sentaient complices. Ils étaient leurs propres dupes, car ayant décidé de faire croire à Robin qu'ils se connaissaient de longue date, ils le croyaient eux-mêmes.

Une sonnette avait annoncé la fin de l'entracte. François pensait avec mélancolie qu'il devait se séparer des Orgel, et rejoindre Paul. Anne proposa de déplacer quelqu'un pour " rester ensemble ".

La farce n'en serait que meilleure.

Paul détestait les retards, et tout ce qui peut vous faire remarquer sans bénéfice. Il songeait plus à l'opinion des autres qu'à la sienne. Déjà mécontent d'avoir manqué les Orgel, et de n'avoir pu se dépêtrer de moindres personnages rencontrés sur son chemin, il grognait contre François à cause de son retard. Quand il vit le trio, il n'en crut pas ses yeux.

Anne agissait toujours comme s'il eût été connu de la terre entière, mais, à rebours du vieux comte, le faisait avec assez de bonne grâce pour obtenir bien des résultats. Cette assurance, ou cette inconscience, lui réussirent une fois de plus. Il n'eut qu'à dire un mot pour que l'ouvreuse déplaçât deux spectateurs.

Le dialogue entre Anne d'Orgel et Séryeuse
faisait supposer à Paul, peu apte à brûler les étapes, qu'ils se connaissaient depuis longtemps.
Rageur, se sentant joué, il s'efforçait de cacher
sa surprise.

La faculté d'enthousiasme d'Anne d'Orgel
était sans bornes. Il paraissait venir au cirque
pour la première fois, mais n'en renonçait pas
moins à feindre de connaître les numéros. Le
nain passait-il sur le rebord de la piste, il lu
faisait les mêmes petits signes que, tout à l'heure,
à Paul.

Car s'il parlait souvent d'une façon vague
de ce que l'on appelle les grands de la terre,
c'était avec la modestie qui sied lorsqu'on parle
de soi. Il lui arrivait de dépeindre en deux mots
irrespectueux une souveraine, et de s'étendre
une heure, minutieusement, passionnément,
comme on décrit des mœurs d'insectes, sur les
gens d'une autre caste, c'est-à-dire, selon lui,
des inférieurs. Du reste, en face de cette race
étrangère, il perdait la tête, et ne pensait qu'à
éblouir. Cette timidité loquace le poussait alors
aux pires maladresses, à des folies de phalène
autour d'une lampe.

Pendant la guerre, il lui avait été donné
d'approcher des hommes de classes différentes.
A cause de cela, la guerre l'avait *amusé.*

Cet amusement lui retira le bénéfice de son héroïsme : il fut suspect. Les généraux n'aimaient pas un blanc-bec qui parlait sans trêve, n'avait pas la moindre idée du respect hiérarchique, prétendait renseigner sur l'état d'esprit de l'Allemagne, son moral, et ne cachait pas qu'il correspondait, par la Suisse, avec ses cousins autrichiens. Bien qu'il eût plusieurs fois mérité la Croix de la Légion d'honneur, elle ne lui fut jamais offerte.

Son père était pour beaucoup la cause de cette injustice : il était, lui, formidable. Il ne voulut jamais quitter son château de Colomer, en Champagne. " Je ne crois pas aux obus ", criait-il à son cocher auquel il commandait d'atteler pour la promenade quotidienne. Aux sentinelles lui demandant le mot d'ordre, il répondait : " Je suis M. d'Orgel. "

Incapable de reconnaître les grades, il disait " Monsieur l'Officier " à tout soldat pourvu de galon, qu'il fût sergent ou colonel. On se vengea par mille farces. Sous prétexte que la Patrie avait besoin de pigeons voyageurs, les officiers, ses hôtes, réquisitionnèrent les pigeons du colombier qui, le soir même, relevaient le menu de la popote. M. d'Orgel l'apprit. A partir de ce jour, il répéta : " Je ne sais ce que vaut Monsieur Joffre, mais ses gens sont des escrocs. "

Peu après la disparition des pigeons, sous pré-

texte que leur tourelle gênait le tir, et que M. d'Orgel y pouvait faire des signaux, ordre fut donné
d'abattre le colombier. Le vieillard en était
plus fier que de son château. C'était un de ces
colombiers dont la possession fut un privilège
féodal.

Aussi, lors du recul de nos troupes, M. d'Orgel regretta-t-il fort peu de voir la place prise
par les Allemands. Leurs officiers le traitèrent
avec respect. Un nom noble leur en impose, mais
plus que tout autre celui des Orgel qui, dans leurs
dictionnaires, occupe deux ou trois colonnes.
L'Allemagne soigne la gloire de nos Émigrés,
et les Orgel, au début de la Révolution, étaient
partis pour l'Allemagne et l'Autriche où ils
firent souche.

Lorsque les Allemands abandonnèrent Colomer, M. d'Orgel regagna Paris, afin de ne plus
revoir nos chefs. L'éloge qu'il fit de l'Allemagne
compromit d'avance la croix de son fils. " Les
Prussiens ont été parfaits ", répétait-il. Et il
louait leurs bonnes manières.

— D'ailleurs, concluait-il, notre ennemi héré-
ditaire, c'est la France.

Comme Anne se battait et que sa sœur soignait,
aux lignes, les blessés, le comte d'Orgel mourut
un soir d'alerte, d'un arrêt du cœur, dans la cave
de son hôtel de la rue de l'Université, entouré de

ses gens : il leur expliquait que nos aviateurs
lançaient de fausses bombes, par ordre du Gou-
vernement, pour faire évacuer Paris.

— Vous venez avec nous au dancing de Robinson, dit Anne d'Orgel à François, en sortant du
cirque Médrano. Sa femme le regarda avec surprise.

François sursauta. Il était à cent lieues de penser
qu'il pourrait se séparer des Orgel, où qu'ils
allassent.

L'auto des Orgel était dépourvue de stra-
pontin. On n'y pouvait en se serrant tenir que
trois. Paul, qui aimait mieux s'enrhumer que
manquer une fête, monta vite à côté du chauf-
feur. Ce geste voulait passer pour un défi à l'adresse
de François et signifiait que Paul était assez lié
avec les Orgel pour prendre la plus mauvaise
place. François s'assit entre eux deux.

— Êtes-vous déjà allé à Robinson? demanda
Mahaut.

François de Séryeuse entendait souvent parler
de ce village par de vieilles personnes, amies
de sa famille, les Forbach. Mme de Séryeuse,
depuis son veuvage, c'est-à-dire peu après la
naissance de François, avait abandonné la rue
Notre-Dame-des-Champs, et vivait toute l'année
à Champigny. C'était chez les Forbach que Fran-

çois s'habillait et dormait lorsqu'il dînait en ville. Bien que les Forbach lui parlassent du Robinson de leur jeunesse, François, pour n'y être jamais allé, imaginait un lieu champêtre où de très vieilles gens se promènent sur des ânes, dînent en haut des arbres.

L'année qui suivit l'armistice, la mode fut de danser en banlieue. Toute mode est délicieuse qui répond à une nécessité, non à une bizarrerie. La sévérité de la police réduisait à cette extrémité ceux qui ne savent se coucher tôt. Les parties de campagne se faisaient la nuit. On soupait sur l'herbe ou presque.

C'était vraiment avec un bandeau sur les yeux que François faisait ce voyage. Il eût été bien embarrassé de dire quel chemin ils prenaient. La voiture s'arrêtant :

— Sommes-nous arrivés? demanda-t-il.

Or, on n'était qu'à la porte d'Orléans. Un cortège d'automobiles attendait de repartir; la foule lui faisait une haie d'honneur. Depuis qu'on dansait à Robinson, les rôdeurs de barrières et les braves gens de Montrouge venaient à cette porte admirer le beau monde.

Les badauds qui composaient cette haie effrontée collaient leur nez contre les vitres des véhi-

cules, pour mieux en voir les propriétaires. Les
femmes feignaient de trouver ce supplice char-
mant. La lenteur de l'employé d'octroi le prolongeait trop. D'être ainsi inspectées, convoitées,
comme derrière une vitrine, des peureuses retrou-
vaient la petite syncope du Grand Guignol. Cette
populace, c'était la révolution inoffensive. Une
parvenue sent son collier à son cou; mais il fallait
ces regards pour que les élégantes sentissent
leurs perles auxquelles un poids nouveau ajoutait
de la valeur. A côté d'imprudentes, des timides
remontaient frileusement leurs cols de zibeline.

D'ailleurs, on pensait plus à la révolution dans
les voitures que dehors. Le peuple était trop
friand d'un spectacle gratuit, donné chaque soir.
Et ce soir-là il y avait foule. Le public des ciné-
mas de Montrouge, après le programme du
samedi, s'était offert un supplément facultatif.
Il lui semblait que les films luxueux continuas-
sent.

Il y avait dans la foule bien peu de haine contre
ces heureux du jour. Paul se retournait inquiet,
souriant, vers ses amis. Comme au bout de quelques minutes les voitures ne repartaient pas,
Anne d'Orgel se pencha.

— Hortense! dit-il à Mahaut, nous ne pou-
vons laisser Hortense ainsi! C'est sa voiture
qui est en panne.

Sous un bec de gaz, en robe du soir, un dia-
dème sur la tête, la princesse d'Austerlitz dirigeait
les travaux de son mécanicien, riait, apostrophait
la foule. Elle était accompagnée d'une dame de
la colonie américaine, Mrs. Wayne, qui jouissait
d'une grande réputation de beauté. Cette réputation de beauté, comme presque toutes les répu-
tations mondaines, était surfaite. La plus élémen-
taire clairvoyance découvrait que Mrs. Wayne
n'agissait pas comme une femme qui possède
un avantage certain.

La princesse d'Austerlitz était magnifique,
elle, sous ce bec de gaz, dont l'éclairage lui conve-
nait mieux que celui des lustres. Elle évoluait
entourée de voyous, autant à l'aise que si elle
eût toujours vécu en leur compagnie.

Pour n'avoir pas à prononcer un nom aussi
clinquant que le sien, tout le monde l'appelait
Hortense, ce qui pouvait laisser entendre qu'elle
était l'amie de tout le monde. D'ailleurs elle
l'était, sauf des gens qui ne voulaient point.
Car elle était la bonté même. Mais des moralistes
l'eussent peut-être déploré pour la Bonté. A
cause de la liberté de ses mœurs, certaines maisons lui étaient hostiles. Arrière-petite-fille d'un
maréchal de l'Empire, elle avait épousé le descendant d'un autre maréchal. De tout ceux qui
connaissaient sa femme, le prince d'Austerlitz

était le seul qui ne fût pas intime avec elle. D'ailleurs, elle ne dérangeait pas ce prince, que la jeunesse croyait mort, tant il faisait peu de bruit : il consacrait sa vie à l'amélioration de la race chevaline. Hortense tenait-elle de son ancêtre le maréchal Radout, commis-boucher dans son âge tendre, cette carnation trop riche, cette chevelure crépelée, dont on se demande si elles ne résultent pas du voisinage des viandes crues? Bonne femme, bonne fille, elle prévenait en sa faveur les gens du commun qui la trouvaient belle femme. Bonne fille, et même bonne arrière-petite-fille, puisque, loin de renier ses origines, elle rendait hommage au maréchal jusque dans ses amours. Elle n'avait le goût que de la santé des Halles, et on lui reprochait d'avoir des appétits malsains !

La jeune génération lui en montrait moins rigueur que la sienne et les Orgel, dont on ne pouvait pourtant mettre la moralité en doute, ne la tenaient pas à l'écart. C'est ainsi que François qui ne connaissait pas les Orgel, connaissait Hortense.

Les trois hommes baisant la main de Mme d'Austerlitz, les spectateurs rirent.

François déjà s'incorporait à ce point aux Orgel qu'il ne comprit nullement la cause des rires. Outre le geste du baise-main, la voix du comte d'Orgel mettait aussi la foule en gaieté.

Une chose dont Mme d'Orgel ne se rendait pas compte, c'était que la sympathie aveugle de la foule allait davantage à Hortense d'Austerlitz et à Hester Wayne qu'à elle-même, parce que la princesse et l'Américaine habillées pour le soir, étaient *en cheveux*, et pour les femmes du peuple l'attribut de la *dame*, c'est avant tout le chapeau.

Seul, au second rang, un colosse se permettait de ne pas montrer de sympathie pour la princesse. " Ah! si j'avais des grenades! " avait-il d'abord grogné. Mais les murmures lui enseignèrent que s'il tenait à sa peau il ne fallait pas insister. Il changea de mauvaise humeur, s'en prit au mécanicien, le traita de " gourde ". Aussi bien, chaque fois que le malheureux, suant, croyait réussir, le cric, mal calé, laissait retomber la voiture. La princesse cria à la mauvaise tête :

— Dis donc, espèce de fainéant, si tu nous aidais au lieu de crâner!

Il en est de certaines situations, de certains mots, comme au jeu de pile ou face.

— Ça se gâte, pensa Paul.

Au contraire, cette phrase valut une ovation à la princesse.

Sans doute l'ovation en imposa-t-elle au colosse, car, en maugréant — ce qui était un com-

ble, et montrait bien qu'il se rendait à un devoir,
— l'homme traversa la foule, se glissa sous
l'auto et la mit séance tenante en état de repartir.

"Donnez donc un verre de porto à Monsieur", dit Hortense au mécanicien. On sortit
du coffre une bouteille et des gobelets. Alors,
trinquant avec le sauveteur, la princesse acheva
ses conquêtes.

— Allons, hop, en route! cria-t-elle.

Et c'est, participant un peu au soleil de la princesse d'Austerlitz, que les Orgel avec Séryeuse,
et Paul émerveillé, partirent pour Robinson.

Ainsi se font les coups d'État.

Gérard, ancien croupier, était un des deux
ou trois hommes qui, pendant la guerre, orga-
nisèrent les divertissements des Parisiens. Il fut
un des premiers à installer les dancings clandes-
tins. Traqué par la police, et la redoutant davantage pour des affaires antérieures que pour son
insoumission présente aux ordonnances, il chan-
geait de local tous les quinze jours.

Une fois fait le tour de Paris, ce fut lui enfin
qui remplaça le dancing en chambre par la petite
maison de banlieue. La plus célèbre fut celle de
Neuilly. Pendant plusieurs mois, les couples
élégants polirent le carrelage de cette maison de

crimé, se reposant entre deux danses sur des
chaises de fer.

Gérard, grisé par le succès, voulut alors étendre son entreprise. Il loua, un prix absurde, l'immense château de Robinson, construit vers la
fin du siècle dernier, sur les ordres d'une folle,
la fille du célèbre parfumeur Duc, celui-là même
dont les prospectus, les étiquettes, jouant sur les
mots, s'ornent d'une couronne ducale.

Cette couronne apparaissait aussi à la grille
et au fronton du manoir où Mlle Duc consacra
sa vie à l'attente d'un tzigane infidèle.

A quelques kilomètres de la porte d'Orléans, des
hommes munis de lampes de poche indiquaient
le chemin du château aux automobilistes.

De temps en temps, Paul se retournait vers les
Orgel et François, et leur souriait. Ce sourire
pouvait s'interpréter de façons diverses. C'était
soit : " Mais non, je vous assure, je suis très bien,
il ne fait pas froid du tout ", soit le sourire qui
pardonne. Il sentait vaguement qu'on s'était joué
de lui... Peut-être son sourire ne reflétait-il que
le plaisir d'un enfant qui fait une promenade.

Toujours à la suite de la voiture Austerlitz,
l'auto des Orgel pénétra dans la cour d'honneur.
Avant même de s'arrêter devant le perron, ils
virent à travers un vitrage, et dans ce que Gérard

appelait la Salle des Gardes, une table immense autour de laquelle étaient assis nombre d'hommes en frac. Deux femmes seulement, chacune à un bout de la table.

Venant du cirque, les Orgel, Paul et François, étaient en costume de jour. Paul recula un peu : heureusement la fierté d'affronter cette brillante assistance avec les Orgel et la princesse d'Auster-litz, contre-balançait chez lui l'ennui de n'être point convenable. Mais quelle ne fut pas sa stupeur quand, au bruit des klaxons, hommes et femmes s'envolèrent, faisant disparaître la table comme un décor de féerie. L'un d'eux ouvrit la porte à deux battants et s'empressa au-devant de la Princesse. C'était Gérard, et, on le devine, cette table nombreuse le reste du personnel. Chacun, à l'arrivée des clients, avait regagné son poste. Gérard, qui depuis quelques jours se voyait abandonné par la chance dans un dancing vide, voulait au moins se concilier son personnel et le gavait des vivres de la veille, des-tinés aux clients qui n'étaient pas venus. Un " collègue " racolait en route, avec un système de lampes, les automobiles novices.

La musique joua. François de Séryeuse fut heureux de ce bruit qui lui permettait de se taire.

Il se retourna vers Mme d'Orgel, sans penser qu'il lui souriait.

— Mirza! voilà Mirza! s'écria Mme d'Austerlitz.

En effet, paraissait, avec quelques amis, le Persan, cousin du Shah, que l'on appelait ainsi. " Mirza " n'était pas son nom, mais son titre. Tout le monde avait adopté ce raccourci, surnom amical.

On ne pouvait rêver de Persan plus Persan que Mirza. Mais le faste des ancêtres reparaissait chez lui sous d'autres formes. Il n'avait pas de harem; son unique femme, même, était morte. Il collectionnait les automobiles. Toujours le premier à vouloir le neuf, il les achetait encore imparfaites, et avant qu'elles fussent mises au point. Il lui arriva de rester en panne, sur la route de Dieppe, avec la plus grosse voiture du monde, qu'on ne pouvait réparer qu'à New York.

Il était enragé de politique, comme tous ses compatriotes.

A Paris, Mirza apparaissait sous un jour frivole. On attribuait à ce prince le sens du plaisir. La raison en était simple : si un endroit était triste, Mirza rebroussait chemin. Chasseur infatigable, il ne s'entêtait jamais; et son acharnement à poursuivre le bonheur, le plaisir, prouvait assez qu'il ne les tenait point.

Mirza portait beaucoup d'amitié à François

de Séryeuse. Celui-ci le lui rendait. Il soupçonnait ce prince de valoir mieux qu'une aimable
réputation.

Mirza était devenu un tel fétiche, on lui attribuait si bien le pouvoir d'animer une fête, que
chacun se forçait à montrer de l'entrain dès qu'il
paraissait. François de Séryeuse, ce soir-là, vit
en Mirza un fâcheux. Son arrivée secoua la
bande. Personne n'avait encore songé à danser.
On dansa. François de Séryeuse n'était pas un
danseur. Il se désola de ne pouvoir étreindre
Mme d'Orgel.

Un couple qui danse révèle son degré d'entente. L'harmonie des gestes du comte et de la
comtesse d'Orgel prouvait un accord que donne
seul l'amour ou l'habitude.

Pouvait-on accuser Anne de ne devoir qu'à
l'habitude son entente avec Mahaut? Non, la
comtesse avait assez d'amour pour tous les deux.
Son amour était si fort qu'il déteignait sur Anne
et faisait croire à la réciprocité. François ne devi-
nait rien de cela. Il avait en face de lui un couple
tendrement uni. Cette union lui faisait plaisir.
Il éprouvait un sentiment bien distinct de ceux
dont il avait l'habitude. Chez lui la jalousie précédait l'amour. Cette fois son esprit n'accomplissait pas sa besogne. François ne cherchait pas dans

ce ménage une fissure par où s'introduire. Il
avait autant de plaisir à voir Mme d'Orgel danser avec son mari que si lui-même eût dansé avec
elle. Il les enviait, bouche bée, ne répondant pas
à Hester Wayne, ne l'entendant même pas, se
disant que s'il pouvait prétendre à un bonheur
où Mme d'Orgel jouât un rôle, ce serait dans
l'accord d'Anne et de Mahaut, et non dans leur
mésentente.

Le comte d'Orgel ne s'asseyait plus. Pour
se reposer de la danse, il préparait des mélanges,
qui tenaient plus de la sorcellerie que de l'art du
barman. Tout le monde goûta au premier, mais
personne ne se laissa prendre au second, pas
même l'auteur. Seule Mme d'Orgel en but parce
qu'il était préparé par Anne, et Séryeuse, pour
suivre Mme d'Orgel.

Mrs. Wayne, qui voulait d'abord faire danser
François, avait abandonné la danse pour s'as-
seoir près de lui. Il aurait préféré être seul. Devant le lourd badinage de cette Américaine, il se
jugeait bien novice. C'est qu'elle parlait de choses
que François avait oubliées, tandis qu'elle les
savait de la veille. Elle faisait des " mots " qu'il
prenait pour des fautes de français. S'efforçant
de lui plaire, de briller, elle s'accrochait à une
image, à une pensée, qui ne valaient guère qu'on
s'y attardât. Reprenant le mot " sorcellerie "

prononcé par quelqu'un, après les mélanges
d'Anne d'Orgel, elle parla de philtres, et crut
lui exprimer d'une façon délicate qu'il était loin
de lui déplaire, en lui chuchotant la recette illustre
de ce philtre qui lia pour jamais Tristan et Yseult,
ainsi que celle d'autres cocktails, de tout temps
et de tous pays, destinés à inspirer l'amour.

François de Séryeuse se réveilla. Que racontait-
elle? Il pensa qu'il avait bu seul avec Mme d'Orgel un breuvage qu'elle aurait dû boire avec
Anne et dont celui qui l'avait fait n'avait pas
bu.

Il se crut deviné par Hester Wayne. Il en montra du trouble. Devant ce trouble, l'Américaine
pensa que François de Séryeuse était encore plus
niais qu'elle n'avait imaginé, mais qu'il valait la
peine qu'on le déniaisât.

— Dans toutes ces boissons, dit-elle, conti-
nuant son épais marivaudage, il faut de la poudre
de mandragore. Moi, je peux me faire aimer de
qui je veux, car j'ai *un* mandragore. Il faudra
venir le voir, il n'y en a que cinq au monde.

Elle avait acheté cette racine à forme humaine
en 1913, pour quelques sous, dans un bazar de
Constantinople. Elle croyait acheter une statuette
nègre.

— Il faudra que je fasse votre buste, dit-elle
après un silence.

— Vous sculptez? demanda distraitement François.

— Pas spécialement; mais, petite, j'ai appris tous les arts.

A quoi s'intéressait donc ce Séryeuse? Elle se demanda si elle ne s'était pas montrée trop fine. Elle essaya de se mettre (croyait-elle) à son niveau. Elle se multiplia pour le distraire et l'amuser, en l'instruisant de sa flamme. François était presque malhonnête, il cachait à peine son ennui. Alors, éperdue, Hester Wayne, comme une femme dans le bureau d'un directeur de music-hall, et qui voulant se faire engager à tout prix montre tous ses talents, demanda un crayon au maître d'hôtel, et prouva comment, avec deux huit tracés côte à côte, on obtient deux cœurs renversés. L'orchestre cessait. Mme d'Orgel, étourdie, fatiguée, s'assit n'importe où. Pour François ce ne fut pas n'importe où, car c'était à côté de lui. Elle vit, dessinés sur la nappe, ces deux cœurs s'enlaçant tête-bêche.

Sans y prendre garde, elle leva des yeux interrogateurs.

L'Américaine feignait la mine honteuse des flagrants délits. François de Séryeuse la détesta de pouvoir donner à croire à Mme d'Orgel qu'ils étaient complices.

— Mrs. Wayne me montrait un de ses tours,

dit François, répondant à la muette interroga-
tion de Mahaut.

La sécheresse, l'insolence de François ne déplu-
rent point à Mme d'Orgel. Quand elle sut que
ces cœurs étaient formés de chiffres, elle trouva
l'idée charmante et s'empressa de corriger la
brusquerie de François auprès d'Hester Wayne.

Elle pensa : " Cette danse m'a brouillé l'esprit.
Où faut-il que j'aie la tête pour avoir cru que ce
jeune homme dessinait des cœurs sur les nappes ! "

Comme elle disait à Mrs. Wayne des paroles
aimables, François se montra aimable aussi pour
plaire à Mahaut, et Hester Wayne pensa qu'elle
l'avait enfin conquis.


François de Séryeuse sentait la fatigue lui
modeler le visage. Hester regardait, clignait des
yeux artistes.

— Vous avez beaucoup plus de caractère,
ainsi. C'est fatigué que je sculpterai votre
buste.

Pensait-elle faire succéder ses séances de pose
à d'autres séances? François de Séryeuse entendit
innocemment la phrase : pas une seconde la
pensée ne l'effleura que Mrs. Wayne pouvait
disposer, pour le fatiguer, d'autres moyens que
sa conversation. Il oubliait que cette Américaine
était femme, et fort belle.

Mahaut sortit la glace qu'elle consultait, non par coquetterie, mais comme une montre, pour savoir s'il était l'heure du départ. Sans doute déchiffra-t-elle une heure tardive sur son visage, car elle se leva.

— Vous devez être serrés, dit Hester à Mme d'Orgel. Hortense et moi pourrions prendre quelqu'un.

Elle dit cela avec un ton léger, mais son regard vers François prouvait assez qu'il ne lui était nullement indifférent que ce fût Paul ou François qui montât avec elle et la princesse d'Austerlitz.

Paul fit un rapide calcul mental. Fallait-il laisser son ami seul avec les Orgel ou avec Mrs. Wayne, dont il croyait que François s'était occupé davantage que des Orgel?

Paul était de ces joueurs malchanceux qui, voyant quelqu'un gagner, se décident trop tard à le suivre, et misent avec lui lorsqu'il commence à perdre. Il s'égarait dans des martingales, il brouillait tout.

Il en voulait à François du tour de Médrano. Il crut se venger et contrecarrer ses projets en prenant sa place dans la voiture d'Hortense.

Il le sauvait.

Dans l'auto, Anne d'Orgel dit à son hôte :

— Enfin, de quoi avez-vous bien pu parler avec Hester Wayne?

Cette question, pour qui connaissait Anne, prouvait qu'il portait déjà de l'intérêt à François. C'était l'esprit le plus délicieux, mais le plus autoritaire, le plus exclusif, que le comte d'Orgel. Il " adoptait " les gens, plus qu'il ne se liait avec eux. En retour, il exigeait beaucoup. Il entendait un peu diriger. Il exerçait un contrôle.

François fut étonné de cette question. Mais il ne fut pas fâché qu'Anne d'Orgel lui fournît l'occasion de se justifier devant sa femme. Comme il s'en voulait d'avoir pu lui déplaire en rudoyant Hester Wayne, il se justifia en ces termes :

— C'est bien simple. J'étais le seul à ne pas danser et je lui suis très reconnaissant de m'avoir tenu compagnie.

— C'est juste, dit Anne à sa femme, sur un ton de reproche qui s'adressait à tous deux. Ce pauvre! Nous l'entraînons à Robinson, et il ne danse pas!

François ne répondit rien. Il n'avait pas dansé, mais il avait bu le philtre.

Anne d'Orgel cherchait à réparer sa négligence. Il pensa que seule une prompte invitation pourrait y réussir.

— Pourquoi ne viendriez-vous pas déjeuner bientôt, dit-il, comme s'il connaissait François de longue date. Après-demain, par exemple?

Le surlendemain, François de Séryeuse n'était pas libre.

— Demain alors!

Mme d'Orgel n'avait pas ouvert la bouche. L'empressement d'Anne, si peu dans son caractère à elle, lui semblait légitime. On le devait à Séryeuse après leur distraction.

François avait dit à Mme de Séryeuse qu'il serait de retour à Champigny pour déjeuner. Mais il lui parut impossible de ne pas répondre à la marque de confiance que lui donnait le comte d'Orgel en l'invitant comme un intime. Il accepta. Il ignorait le programme des Orgel. Leur vie mondaine ne commençait que l'après-midi; ils déjeunaient toujours chez eux, la plupart du temps seuls. Aussi n'étaient priées à déjeuner que les personnes envers lesquelles ils n'avaient pas de devoirs et que l'on voyait pour le plaisir. Mais ces invités entraient rarement dans l'hôtel aux autres heures du jour. Ces invitations à déjeuner étaient donc à la fois une preuve d'amitié et d'un peu de dédain. Mais François ignorait les rouages complexes de cette machine mondaine, et leur invitation lui causa plus de plaisir qu'une invitation du soir, à laquelle il

n'eût pu prétendre. Il accepta avec une joie
visible. Cette joie plut au comte d'Orgel. Il
avait l'enthousiasme facile. Une nature riche
ne marchande pas, ne cherche pas à dissimuler.
Le comte d'Orgel aimait à retrouver sa prodi-
galité chez les autres; c'était pour lui le meilleur signe de noblesse. Il n'acceptait jamais la
moindre invitation, le moindre cadeau, sans le
signe extérieur du plaisir, le propre d'une nature
noble étant de ne pas imaginer que tout lui est
dû, ou du moins de cacher qu'elle le croit. C'est
un Robin qui s'efforce de dissimuler le plaisir
que lui font les choses, par crainte de paraître
naïf, ou flatté. Aussi ce mouvement de François
lui gagna-t-il le cœur du comte, plus que n'importe quel calcul.

Ils se quittèrent à cinq heures, quai d'Anjou.

— Comme tu es rentré tard, dit Mme Forbach à François quand celui-ci, à neuf heures,
entra dans la salle à manger où ils prenaient leur
petit déjeuner en commun. Je t'ai entendu,
ajouta-t-elle. Il devait être au moins une heure
du matin.

Mme Forbach possédait l'innocente coquetterie des vieilles gens qui prétendent avoir le
sommeil léger. Elle et son fils Adolphe habitaient depuis trente ans le rez-de-chaussée de
cette vieille maison de l'île Saint-Louis. Mme Forbach avait soixante-quinze ans. Elle était aveugle.
Son fils Adolphe avait toujours eu l'apparence
d'un vieillard. Il était hydrocéphale.

François de Séryeuse apportait sa jeunesse
dans cette maison, dont il n'avait jamais remarqué le tragique, tant ces deux êtres eux-mêmes
ne le ressentaient point. Il écoutait sans surprise
cette aveugle lui dire : " Comme tu as mauvaise
mine ! " car la vie de François apparaissait incroya-

ble à une femme qui toute la sienne s'était cou-
chée à neuf heures.

Dès que François atteignit un âge l'autori-
sant à quelque liberté, Mme de Séryeuse imagina
cette combinaison : lui donner une chambre
chez les Forbach. Elle leur versait une mensua-
lité pour le logement et les repas de son fils.
Mme Forbach d'abord s'était récriée, la trouvant
excessive. Mme de Séryeuse avait tenu bon. Elle
était heureuse de saisir ce prétexte pour aider
un peu ces vieux amis des Séryeuse, et encore
plus pour pouvoir exercer un contrôle sur son
fils. Celui-ci d'ailleurs ne se plaignait nullement
de la combinaison. Au contraire, elle lui apportait
un équilibre.

Mme Forbach avait été mariée en 1860 au
hobereau prussien von Forbach, un alcoolique,
collectionneur de virgules. Cette collection consis-
tait à pointer le nombre de virgules contenues
dans une édition de Dante. Le total n'était jamais
le même. Il recommençait sans relâche. Il fut
aussi un des premiers à collectionner des timbres,
ce qui à l'époque semblait fou.

Au bout de quinze ans, un monstre vint con-
soler la pauvre femme de ce mariage. Non seulement elle refusa de croire à la monstruosité de
son fils, mais encore elle disait de cet hydrocéphale : " Il a le front de Victor Hugo. "

Lors de sa grossesse, Mme Forbach s'était
retirée à Robinson chez des amis. L'heure de
la délivrance approchant, on avait mandé une
sage-femme. Celle-ci ne put arriver. On appela
le médecin du village. Mme Forbach déclara
qu'elle aimait mieux accoucher comme les bêtes,
que recevoir l'assistance d'un homme. " Mais
un docteur n'est pas un homme ", lui disait-on.
Elle criait de plus belle. Il fallut bien qu'elle se
rendît. Quelques années après, Mme Forbach,
ayant appris la mort du médecin de Robinson,
avoua que cette mort la soulageait. Seules les
saintes avouent ces pensées-là.

Souvent, en face d'elle, François regrettait
ses plaisirs. Mais ce matin, il était si joyeux
de sa rencontre, il ressentait un tel besoin d'en
parler, même de façon indirecte, qu'il raconta
son équipée à Robinson. Il se dit aussitôt que si
on l'interrogeait, il serait bien embarrassé pour
dépeindre ce village. Mais Robinson éveillait
en Mme Forbach une foule de souvenirs. Loin
d'interroger, elle parla.

François de Séryeuse connaissait ces souvenirs. Chez les Forbach la conversation se
réduisait à fort peu. C'était toujours la même.
Mais elle reposait François des racontars de la
ville. A force de les avoir entendus, ces souvenirs

étaient presque siens. Adolphe Forbach, lui, était sûr d'avoir été de ces parties de campagne antérieures à sa naissance.

On finissait par se croire non en face d'une mère et d'un fils, mais d'un vieux ménage.

Ce ménage avait bien organisé sa vie intime, l'économie de son bonheur émerveillait François. Il tirait un enseignement profond de ces deux êtres qui n'avaient besoin de rien! A quoi eussent servi ses yeux à Mme Forbach? Elle vivait de souvenirs. Tout ce à quoi elle tenait, elle le connaissait par cœur. Parfois François, assis à côté d'elle, feuilletait un album plein de photographies de M. de Séryeuse. Sa mère les lui cachait. Car il était officier de marine; il était mort en mer et Mme de Séryeuse évitait à son fils tout ce qui eût pu lui donner le goût d'une carrière maudite. Mme Forbach réprouvait un peu Mme de Séryeuse de cacher à son fils des reliques. C'est qu'elle ignorait l'inquiétude des mères; même ce qu'elles craignent lui aurait été un bonheur auquel elle ne pouvait prétendre, puisque son malheureux Adolphe ne pouvait faire seul un pas dans la vie.

François était ému lorsque, tournant les feuilles de l'album, Mme Forbach, fermée à ces images mais qui portait chacune gravée dans son cœur, lui disait comme une voyante : Voici ton père à quatre ans, à dix-huit. Voici son dernier portrait, sur son bateau; il nous l'avait envoyé.

" Comme je me serais entendu avec lui ", soupirait-il. Ce soupir ne visait pas sa mère : car pour qu'il y ait entente ou mésentente, il faut des préoccupations communes. Or, tandis que la vie de Mme de Séryeuse était d' " intérieur ", dans tous les sens du mot, celle de son fils était extérieure, épanouissait ses pétales. La froideur de Mme de Séryeuse n'était qu'une grande réserve, et peut-être une impossibilité à dévoiler ses sentiments. On la croyait insensible, et son fils lui-même la trouvait distante. Mme de Séryeuse adorait son fils, mais, veuve à vingt ans, dans sa crainte de donner à François une éducation féminine, elle avait refoulé ses élans. Une ménagère ne peut voir du pain émietté; les caresses semblaient à Mme de Séryeuse gaspillage du cœur et capables d'appauvrir les grands sentiments.

François n'avait en rien souffert de cette fausse froideur, tant qu'il n'avait pas soupçonné qu'une mère pût être différente. Mais lorsque des amis lui vinrent, le monde lui donna le spectacle de sa fausse chaleur. François compara ces excès à la tenue de Mme de Séryeuse, et s'attrista. Aussi cette mère et ce fils, qui ne savaient rien l'un de l'autre, se lamentaient séparément. Face à face ils étaient glacés. Mme de Séryeuse, qui pensait toujours à la conduite qu'aurait tenue son mari, s'interdisait les larmes. " N'est-il pas normal qu'un fils de vingt ans s'éloigne de sa mère? " se disait-elle. Manquerais-je de courage? Et le chagrin filial de François, par cette loi même que formulait Mme de Séryeuse, se consolait dehors.

Une chose troublait François de Séryeuse, c'était la façon dont parlait de son père Mme Forbach; car elle l'avait connu dans sa plus tendre enfance, si bien qu'elle parlait à François, traité en grand garçon, d'un enfant qui était son père. De même, des intimes des Forbach, M. de la Pallière, le Commandant Vigoureux disaient : " J'ai beaucoup connu Monsieur votre père " et lui en parlaient, comme ils parlaient de lui-même, c'est-à-dire d'un homme plein d'espérances.

François de Séryeuse, auprès de ce vieux cercle, jouissait d'un assez grand prestige : il le réconciliait avec la jeunesse. Il écoutait ces vieillards; pour cette complaisance, on lui prédisait un bel avenir. Ce n'était point, disaient les amis de Mme Forbach, une tête brûlée, une de ces cervelles folles, qui composent la jeunesse d'aujourd'hui. De plus, on s'émerveillait de sa modestie, car, interrogé sur ses études, il ne répondait pas, détournait la conversation, la ramenait aux souvenirs. Personne chez les Forbach n'eût admis que ce jeune homme qui écoutait si bien fût un paresseux.

En dehors de ces visites, l'existence des Forbach était consacrée au " rachat des petits Chinois ". Du moins elle l'avait été jusqu'en 1914. L'enfance de François s'émerveilla de cette œuvre mystérieuse. Il savait simplement que les petits Chinois se rachètent avec des timbres-poste. Il était de tradition dans la famille de François, chez ses tantes, ses cousines, de ramasser le plus de timbres possible pour Adolphe. Celui-ci, comme son père pour les virgules, tenait un compte exact des timbres qu'on lui apportait. Dès qu'il en avait réuni un nombre suffisant, il les envoyait à l'œuvre.

Naturellement, Adolphe n'avait pas épargné la collection de von Forbach. Et c'est ainsi que dans cette œuvre égalitaire, parmi les " République Française " sans valeur, prirent place les timbres de l'Ile Maurice, dont un seul eût suffi pour racheter tous les petits Chinois.

La guerre de 1914 changea les occupations d'Adolphe Forbach. Ce ne fut plus des timbres que l'on porta aux Forbach, mais des journaux. Adolphe et sa mère taillaient dans les fausses nouvelles des plastrons destinés à préserver du froid. Mme Forbach tricota même des gants, des chandails, des chaussettes, des passe-montagnes.

Les Forbach déjeunaient une fois par an chez Mme de Séryeuse, le jour de l'anniversaire de la bataille de Champigny. François venait le matin les chercher dans une automobile de louage. Pour rien au monde ils n'eussent manqué cette cérémonie.

Mme Forbach et Adolphe, qui faisaient partie de la Ligue des Patriotes, applaudissaient les discours, sur les lieux mêmes où était tombé Forbach, mais de l'autre côté, car, au moment où éclata la guerre de 70, il était en Prusse pour recueillir une petite succession. Les fleurs qu'Adolphe jetait sur le monument de Champigny étaient donc à la fois celles du fils Forbach et d'un membre de la Ligue des Patriotes.

A peine assis, le comte d'Orgel se lança dans un de ces monologues qu'il appelait une conversation. Essayant de " situer " son hôte, il introduisit dans ce monologue nombre de noms propres, pour permettre à François de marquer s'il les connaissait. Le résultat de cet interrogatoire détourné satisfit le comte d'Orgel. Il se rendit hommage. Il avait eu raison de se montrer aimable envers Séryeuse.

François, d'habitude, goûtait assez les bavards, non pour ce qu'ils disent, mais parce qu'ils permettent de se taire. Cette fois, il s'irrita de ne pouvoir placer un mot, et de la façon, quoique flatteuse, dont Anne lui coupait la parole. Dès qu'il ouvrait la bouche, Anne s'exclamait, riait aux éclats, la tête renversée, d'un rire aux notes inhumaines, suraigu. " Je ne me serais jamais soupçonné tant d'esprit ", pensait François. Non content de rire, d'applaudir aux paroles de Séryeuse, pourtant bien anodines, Anne le proclamait sublime, merveilleux, admirable, et répétait

ses phrases à sa femme. Cette dernière singularité
n'était pas ce qui dérangeait le moins Séryeuse.
Car Anne d'Orgel répétait la phrase de François,
mot à mot, comme s'il eût traduit une langue
étrangère, et Mme d'Orgel, dans son amour
conjugal, paraissait n'entendre que lorsque c'était
Anne qui parlait. Celui-ci n'agissait de la sorte
que pour conserver le dé de la conversation.
Buvait-il, mangeait-il, il agitait sa main libre pour
empêcher qu'on s'en emparât, et imposer silence.
Ce geste était devenu un tic, et il le faisait même
quand il n'y avait rien à craindre, comme ce
jour-là, où sa femme, qui ne parlait jamais, et
François, qui parlait peu, n'étaient point d'une
concurrence redoutable.

François de Séryeuse trouva le comte d'Orgel
plus que la veille identique au portrait tracé de
lui par ceux qui ne l'aimaient pas. Dans sa surprise, il rapetissa toute sa soirée et sa nuit à
mesure d'homme, et même d'homme du monde.
Il en niait le merveilleux, ne voulant plus voir
dans cette espèce d'entente qu'un tour joué à
Paul Robin. Aussi quand ils passèrent au salon,
François cherchait un moyen correct de prendre
congé le plus vite possible.

Un feu de bois brûlait dans le salon. La vue
de cette cheminée éveilla chcz Séryeuse des sou-

venirs de campagne. Les flammes fondaient la
glace qu'il sentait le prendre.

Il parla. Il parla simplement. Cette simplicité
choqua d'abord le comte d'Orgel, comme une
exclusion. Il n'avait jamais pensé que quelqu'un
pût dire : " J'aime le feu. " La figure de Mme d'Orgel, par contre, se mit à vivre. Elle était assise sur
la banquette de cuir qui surmontait le garde-feu.
Les paroles de François la rafraîchirent comme
un envoi de fleurs sauvages. Elle ouvrit les narines,
respira profondément. Elle desserra les lèvres.
Tous deux parlèrent de la campagne.

François, pour jouir davantage du feu, avait
approché son fauteuil, posé sa tasse de café sur
la banquette où était assise Mme d'Orgel. Anne,
accroupi par terre, face à cette haute cheminée
comme devant une scène d'Opéra, se taisait aussi
docilement que s'il n'eût jamais fait autre
chose.

Que se passait-il ? Pour la première fois de sa
vie, Anne d'Orgel était spectateur. Il goûtait leur
dialogue, non pas pour ce qu'il exprimait, mais
plutôt pour sa musique. Car la campagne restait
lettre morte pour le comte.

Il fallait à la nature une protection royale
pour qu'il lui trouvât du charme. Il ressemblait
à ses ancêtres pour qui, hors Versailles et deux
ou trois lieux de ce genre, la nature est une forêt

vierge, où un homme bien " ne se hasarde pas ".

En outre, pour la première fois, Anne d'Orgel
voyait sa femme hors de son soleil, de ses préoccupations. Il lui en trouva plus de saveur, comme
si elle eût été la femme d'un autre.

— Quel dommage, Anne, que vous n'ayez
pas les mêmes goûts que moi, dit Mme d'Orgel,
animée par ce dialogue.

Aussitôt elle se calma et sa phrase lui apparut
comme dite à la légère, une bévue sans signification. Or ces mots, qu'elle n'avait jamais prononcés, ni même pensés, étaient pourtant significatifs. La différence entre Anne et Mahaut était
profonde. C'était celle qui, au cours des siècles,
opposa les Grimoard aux Orgel comme le jour
à la nuit — cet antagonisme de la noblesse de
cour et de la noblesse féodale. La chance avait
toujours souri aux Orgel. Ainsi, quoique de
petite noblesse, ils étaient parvenus, sans qu'ils
y aidassent, à bénéficier de leur homonymie
avec les Orgel dès longtemps éteints, dont le
nom se retrouve souvent dans Villehardouin, à
côté de celui de Montmorency. Ils réalisaient le
type parfait du courtisan. Leur nom était en première place.

On pouvait donc être fort surpris des extra-
ordinaires mensonges du comte d'Orgel, des-
tinés à souligner sa gloire certaine. Mais, pour

lui, mensonge n'était pas mensonge; il ne s'agissait que de frapper l'imagination. Mentir, c'était parler en images, grossir certaines finesses aux yeux des gens qu'il jugeait moins fins que lui, moins aptes aux nuances. Un Paul s'étonne de ces impostures naïves. Le comte d'Orgel ne négligeait même point le mélodrame. La cave de son hôtel lui semblait un décor particulièrement propice, comme si dans ses ténèbres on pût moins bien distinguer le faux... Un jour, une bombe lancée par les Allemands y avait frappé son père; un autre, on y avait, au début de la Révolution, caché Louis XVII.

Mahaut et François s'étaient tus. Anne, comme un enfant qui ne veut pas se séparer d'un jouet nouveau, prolongeait son silence. Le silence est un élément dangereux. Mme d'Orgel attendait que son mari se décidât à le rompre, pensant qu'il ne lui appartenait point à elle de le faire.

Le téléphone sonna.

Anne se leva et décrocha le récepteur. C'était Paul Robin.

— Il y a là quelqu'un qui veut vous parler, dit Anne, au bout de quelques répliques, en tirant François par la manche.

"Toi! c'est toi!", balbutia Paul, dès qu'il entendit la voix de Séryeuse. Encore avec les

Orgel! se dit-il. Que signifie cette farce? J'en aurai le cœur net.

Il oublia qu'il n'était jamais libre, que chacune de ses heures, de ses demi-heures était soi-disant prise et, détruisant cet échafaudage, il dit à François d'une voix alerte :

" Peux-tu dîner avec moi? Je voudrais te parler. J'aimerais te voir. "

François de Séryeuse n'avait rien d'autre à faire que de retourner à Champigny. Une fois de plus, il remit ses devoirs familiaux.

" Surtout ne raccroche pas, j'ai à parler à " Monsieur d'Orgel. "

Les Muscadins, pour ne pas s'abîmer le galbe, omettaient de prononcer les R. Notre époque, dont la peur du ridicule frise le grotesque, est possédée d'un travers analogue. Paul Robin cultivait cette pudeur absurde, essentiellement moderne, qui consiste à ne pas vouloir paraître dupe de certains mots sérieux et de certaines formules de respect. Pour n'en pas prendre la responsabilité, on les prononce comme entre guillemets.

Ainsi Paul n'employait jamais un lieu commun, sans le corser d'un petit rire, ou le précéder d'une respiration. Il prouvait par là qu'il n'était pas crédule.

Ne pas vouloir être dupe, c'était la maladie de

Paul Robin. C'est la maladie du siècle. Elle peut parfois pousser jusqu'à duper les autres.

Tout organe se développe ou s'atrophie en raison de son activité. A force de se méfier de son cœur, il n'en possédait plus beaucoup. Il croyait s'aguerrir, se bronzer, il se détruisait. Se trompant complètement sur le but à atteindre, ce suicide lent était ce qu'il goûtait le plus en lui-même. Il croyait que ce serait mieux vivre. Mais on n'a encore trouvé qu'un seul moyen d'empêcher son cœur de battre, c'est la mort.

Ce fut donc flanqué de guillemets que Paul prononça son " monsieur d'Orgel ".

Anne reprit l'appareil. La curiosité de Paul ne pouvait attendre l'heure du dîner. Il prétendait avoir une chose urgente à confier aux Orgel. Pouvait-il venir tout de suite?

Il n'était guère dans la nature de Paul d'avoir des secrets à confier, et qui ne peuvent pas attendre.

— Ce pauvre Paul, notre innocente plaisanterie d'hier soir l'a troublé, dit Anne, en raccrochant le récepteur. On dirait qu'il croit que nous conspirons contre lui.

Le téléphone avait rompu le charme. François de Séryeuse pensa : " Le système de Paul a du bon. Je commence à comprendre ses causes

et la contrariété que peut être pour lui la rencontre d'un ami. Mais il devrait bien appliquer son
système aux autres. "

En effet, Paul avait agi comme ces voisines
de province qui, sous un prétexte futile, arrivent
quand elles pensent surprendre un secret et
jouissent du trouble qu'elles produisent.

Y avait-il donc à surprendre quelque chose
chez les Orgel? Mahaut le donna à penser.

— Je sors, dit-elle.

Anne fut stupéfait de cette décision intem-
pestive.

— Mais vous savez bien que l'auto n'est pas
là!

— J'ai envie de marcher. D'ailleurs j'avais
complètement oublié tante Anna. Elle m'en
voudrait.

Anne d'Orgel fit le visage stupide des comédiens qui expriment l'étonnement. Cet étonnement était sincère, mais il l'exagérait. Il ouvrit
de gros yeux, comme on lève les bras au ciel.
Sa contenance signifiait si clairement : " Ma
femme est folle, je ne sais ce qu'elle a, ni pourquoi elle ment ", que François de Séryeuse en
fut mal à l'aise.

Anne d'Orgel cherchait encore à la retenir
lorsque Mahaut, tout d'un coup, regarda la
porte, comme un chien flairant un danger,

alors que son maître dans son attitude ne voit que caprice. Elle tendait la main à François.

Au coin de la rue, Paul se retourna vers Mme d'Orgel qui venait de le croiser sans le voir.

N'était-il pas en l'occurrence l'envoyé de ce tribunal auquel chacun doit rendre compte de ses actes?

Il pénétra dans le salon avec une figure de circonstance. Mais Anne, ni François, pas plus que lui, n'auraient pu dire laquelle.

Il avait gardé son pardessus comme un commissaire de police. L'absence de Mme d'Orgel le tracassait. Il se disait que sa présence lui aurait sans doute expliqué ce qu'il voulait savoir, et qu'elle était peut-être partie pour qu'il ne le sût point.

— Je ne fais qu'entrer et sortir, dit-il.

— Mais cela ne valait pas que vous vous dérangiez, dit Anne un peu narquois, après un mensonge quelconque débité par Paul.

— Où comptez-vous dîner? ajouta-t-il en s'adressant aux deux amis.

Ils lui nommèrent un cabaret où ils dînaient souvent.

— Nous restons chez nous, dit Anne, mais peut-être pourrions-nous vous rejoindre après dîner.

Le comte cédait encore à ce dangereux système des toquades, qui pousse à se voir trop et hors de propos.

Paul et François partirent ensemble, mais se quittèrent vite, ayant chacun une occupation.

Le soir, François arriva le premier au rendez-vous. Le chasseur lui fit part d'un coup de téléphone : le comte d'Orgel regrettait de ne pouvoir venir après dîner, et demandait à M. de Séryeuse de lui téléphoner le lendemain matin. En effet, une fois Mme d'Orgel revenue de sa promenade sans but, et devant son bonheur à la perspective d'une soirée en tête-à-tête avec Anne, celui-ci n'avait pas même osé avouer son projet et profita d'un moment où elle était absente du salon pour téléphoner la décommande.

Toute la soirée, Anne d'Orgel fut dans le vague. Mahaut était distraite. Pour être heureuse de ce tête-à-tête, il fallait qu'elle pensât à l'être. Ils se parlèrent peu. Cependant Mme d'Orgel ne s'effraya pas de l'état particulier où elle se trouvait, car elle estimait naturel d'être à l'unisson avec Anne. Or la distraction d'Anne venait de ce que seul avec sa femme, il glissait vers la mélancolie. Ce n'était pas la faute de son cœur, mais Anne d'Orgel n'était à l'aise que dans une atmosphère factice, dans des pièces violemment éclairées, pleines de monde.

Paul et François ne se turent pas une minute. Chacun abandonnait une partie de sa personnalité, s'efforçait de ressembler à l'autre. C'était à qui cacherait son cœur. Ils prenaient le masque des personnages des mauvais romans du XVIIIᵉ siècle dont les *Liaisons dangereuses* sont le chef-d'œuvre. Chacun de ces complices dupait l'autre en se noircissant de crimes qu'il n'avait pas commis.

Paul n'osait interroger au sujet des Orgel. Il attendait qu'on lui parlât d'eux. Pour provoquer des confidences il commença par en faire et raconta son retour entre la princesse d'Austerlitz et l'Américaine :

— Elle n'a jamais voulu nous dire ce que tu avais fait ou raconté au juste, mais elle ne t'emporte pas en paradis. Selon elle les Français sont tous les mêmes, ils ne pensent qu'à une chose. Bref, Hortense et moi, nous l'avons calmée de notre mieux.

François sourit. Il se retint de dire qu'il eût compris davantage qu'Hester Wayne se fût plainte du contraire. Mais il ne tira pas vanité de son impolitesse, d'autant plus qu'il soupçonnait Paul de s'être employé seul à calmer l'Américaine.

Égayé par cet épisode, Séryeuse se décida enfin à ne plus torturer le curieux, et lui raconta comment il avait fait la connaissance d'Orgel, chez des clowns. Paul respira. C'était peu de chose. Les bonnes grâces d'Hester Wayne le vengeaient largement. Il trouvait malgré tout son ami très fort d'avoir " décroché " une invitation pour le jour même.

Paul accompagna jusqu'à la Bastille François qui prenait le dernier train pour Champigny. On appelle ce train le *train des théâtres*. Il ne s'emplit qu'à la dernière minute, et de singuliers voyageurs. Ce sont des acteurs et des actrices, pour la plupart demeurant à La Varenne, et plus ou moins mal dégrimés selon la distance qui sépare leur théâtre de la gare. Il ne faudrait pas juger par ce train de la prospérité des théâtres à Paris, car on y rencontre plus de comédiens que de spectateurs.

François de Séryeuse était en avance. Il monta dans un compartiment occupé par une famille de braves gens, qui venaient du spectacle. Elle sentait la naphtaline. Le petit garçon, très fier qu'on lui eût confié la garde des billets, pour imiter un geste paternel, les laissait dépasser au

revers de sa manche. Le chef de la famille tenait
d'une main et caressait de l'autre comme un ani-
mal, un chapeau claque d'une forme ancienne.
Il faisait avec ce chapeau mille pitreries pour tenir
les enfants éveillés. Il accompagnait ces farces
d'un boniment débité avec l'accent des clowns, qui
les faisait rire aux larmes. Ensuite, le frappant
de sa main droite il présentait une galette noire.

— Tu n'as pas perdu les billets, Toto? s'in-
quiétait-il de temps en temps. Ce ne serait pas la
peine d'avoir pris des premières!

La dame et sa grande fille, honteuses du brave
homme à cause de la présence de François, se
plongeaient dans le programme du spectacle
dont elles venaient et, lorsque les enfants trépi-
gnaient de joie, secouaient leur tête enveloppée
d'une mantille. Elles souriaient, du sourire qui
désavoue. François était gêné par la complicité
féminine de la mère et de la fille. Alors que
l'homme était heureux, que ce jour était pour
lui un jour de fête, l'exceptionnel de ce même jour
faisait souffrir les deux femmes. Elles pensaient
qu'elles pourraient vivre ainsi chaque jour. Au
moins leur plaisir eût-il été de faire croire, à un
inconnu comme François, qu'elles étaient habituées à ces robes, au théâtre, aux premières classes.
Mais l'attitude de leur bête d'homme était un
aveu.

François ne détestait rien tant que cette honte qu'éprouvent certaines femmes des classes médiocres pour l'homme à qui elles doivent tout.

La mère et la fille, furieuses, ne se contentaient plus maintenant de sourire, elles tenaient tête. Alors que l'homme s'extasiait en bloc sur l'intérêt de la pièce, l'excellence des acteurs, du dîner au restaurant, le moelleux des coussins du wagon, elles opposaient de l'humeur à son enthousiasme : " Le wagon était sale, un acteur ne savait pas son rôle... " Des connaisseuses doivent se plaindre, pensaient-elles. Et c'est, hélas! ce que de bas en haut pense tout le monde.

Le manège de ces femmes venait de ce qu'elles sentaient que François était d'une classe supérieure. Elles ne pouvaient deviner qu'il préférât à leur sottise la simplicité de leur trouble-fête. Le trouble-fête ne comprenait rien à cette scène. Il se consolait avec les enfants que n'avait point encore déformés le sentiment de l'inégalité. Aussi étaient-ils heureux comme des rois. Alors que le père, en caressant ce chapeau haut de forme qui l'amusait plus qu'il ne le flattait, était heureux de penser que son travail lui permettrait bientôt une autre sortie, leur robe gênait mère et fille, qui, l'une, pensait au tablier qu'elle mettrait le lendemain, l'autre à sa blouse de vendeuse.

La famille descendit à Nogent-sur-Marne. Cette scène avait blessé François : dans les dispositions de cœur où il se trouvait ce soir-là, elle fut décisive.

Mme de Séryeuse n'avait jusqu'ici joué dans la vie de son fils, que le rôle qu'y joue forcément une mère. François n'était nullement mauvais fils; mais leur caractère poussait ces deux êtres, nous l'avons dit, à ne se rien confier qui eût de la valeur. La scène du train, par un zigzag dont les âmes les moins compliquées sont coutumières, mena François à penser à Mme de Séryeuse. Cette honte de la fille et de la mère le poussa à examiner les sentiments qu'il tirait, lui, de sa famille.

François de Séryeuse était fier. Fier de son nom. L'était-il par pitié envers ses ancêtres, ou par pur orgueil? C'est ce qu'il aurait voulu savoir. La noblesse des Séryeuse était de peu d'éclat. Mme de Séryeuse, elle, était une grande dame, qui à cause de la simplicité de sa vie, se croyait une bourgeoise. Le contraire arrive plus souvent. Sans doute, elle avait été élevée dans l'orgueil de son nom, mais dans cette fierté elle ne voyait qu'une dette filiale, qui, pensait-elle, devait être celle de tous, et aussi bien des plus humbles. Mais là, déjà, ne raisonnait-elle pas *noblement*?

Mariée de fort bonne heure, le métier de marin
de M. de Séryeuse l'avait habituée au veuvage
avant la mort de son mari. Tant par une sauva-
gerie naturelle, que par respect pour celui-ci,
elle montrait, alors déjà, peu d'empressement
envers les familles nobles qui l'eussent accueillie
comme leur enfant. Puis son chagrin l'enfonça
dans cette paresse. Elle s'en tint au commerce
des parents de M. de Séryeuse. Cette famille,
composée surtout de vieilles filles, de femmes
âgées, jugeait de tout assez petitement. En leur
unique compagnie, Mme de Séryeuse finit par
prendre les préjugés de l'ancienne bourgeoisie
contre l'aristocratie, sans se douter que c'était
les siens qu'elle condamnait. Cela ne l'empêchait
pas d'ailleurs d'agir sans cesse d'une façon qui
prouvait sa naissance. Ces manières surpre-
naient sa belle-famille. On les mettait sur le compte
d'un caractère singulier, d'un manque d'expé-
rience.

Ainsi, pour l'éducation de François, la blâ-
mait-on un peu. On comprenait mal qu'elle
laissât dans l'oisiveté un garçon de vingt ans,
qu'elle ne s'inquiétât pas de lui ouvrir une carrière. D'ailleurs, ce n'était point, comme les
sœurs, les cousines de M. de Séryeuse le pensaient,
*par fierté*, ou parce que sa fortune, sans être énor-
me, permettait à son fils de ne rien faire. Sim-

plement Mme de Séryeuse n'avait pas contre la
paresse le préjugé des petites gens. Elle se disait
qu'il ne faut rien brusquer. Elle se rendait même,
malgré son aversion pour le monde, à la nécessité pour un jeune homme d'une vie un peu frivole.

François soupçonnait peut-être mal la noblesse
de sa mère. Aussi était-il porté, dans la vie qu'il
menait, à s'exagérer son mérite personnel, ne se
doutant pas que s'il était accueilli dans des maisons où l'on ne recevait pas tout le monde, c'était
à cause d'un air de famille, dont les autres d'ailleurs ne se rendaient pas compte. Dans cette
toquade d'un Orgel, par exemple, il y avait bien
de ce plaisir de trouver de la nouveauté dans
l'habitude.

François de Séryeuse, bouleversé par la scène
du train, s'interrogeait. A aucun moment, se
demanda-t-il, ne ressemblé-je à ces femmes du
train? Car ce cœur généreux aurait voulu se
contraindre à avouer qu'il ne plaçait pas sa mère
assez haut. Il se reprocha de ne pas la mêler à sa
vie, comme s'il eût eu honte d'elle. C'était par
honte, en effet, mais à rebours, uniquement
parce qu'il n'avait encore rencontré personne
qui lui parût digne de sa mère.

Enfin tout cet interrogatoire, déclenché par

la scène du wagon, aboutit à cet aveu qu'il souhaitait faire connaître à sa mère Mme d'Orgel.

Ainsi un jeune homme auquel la pudeur, le respect commandent de cacher ses maîtresses à sa mère s'adressait-il à cette mère, le jour où il songe à une alliance.

Au réveil, la première pensée de François fut pour sa mère. Il ne lui était jamais arrivé de souhaiter la voir si vite.

Mme de Séryeuse était sortie et devait rentrer pour déjeuner. François essaya de se distraire. Il lut, écrivit, fuma, mais tous ces actes, il ne les accomplissait que pour se donner une contenance. Il attendait.

Il ne faisait rien d'autre... Tout a coup il sursauta. Qui donc venait de lui dire qu'il n'avait pas encore pensé à Mme d'Orgel, qu'il faisait semblant d'attendre sa mère? Deux questions aussi absurdes, aussi dépourvues de sens ne pouvaient selon lui venir que du dehors. " Et pourquoi y penserais-je? se répondit-il aigrement, et pourquoi cette attente serait-elle une fausse attente? " Il se promit même de ne téléphoner que le lendemain chez les Orgel.

Il s'émerveilla d'agir si librement, sans penser

que l'anormal, c'était qu'il eût à se prouver qu'il était libre.

A force d'attendre, François avait oublié qu'il attendait, et encore plus qui il attendait. Car Mme de Séryeuse vint elle-même lui dire de descendre, que le déjeuner était servi.

François jeta sur sa mère un regard nouveau. Il n'avait jamais remarqué sa jeunesse. Mme de Séryeuse avait trente-sept ans. Son visage paraissait encore répondre à moins. Mais de même qu'on ne remarquait pas sa jeunesse, sa beauté ne frappait pas. Peut-être lui manquait-il d'être de son époque?

Elle ressemblait aux femmes du xvi<sup>e</sup> siècle, qui fut le siècle par excellence de la beauté française, et dont les portraits aujourd'hui nous attristent; nous nous formons un idéal si différent de la beauté des femmes, que nous ne nous retournerions peut-être pas, dans la boutique d'un joaillier, sur celle pour qui se consuma Nemours.

Aujourd'hui nous ne jugeons plus féminin que ce qui est fragile. Le robuste contour du visage de Mme de Séryeuse le faisait trouver sans grâce. Cette beauté laissait froids les hommes. Un seul l'avait appréciée; il était mort. Mme de Séryeuse se conservait à lui comme si

elle eût dû le retrouver, pure même de ces regards
de convoitise que la femme la plus honnête n'évite
pas.

Mme de Séryeuse ne s'aperçut point du regard
de son fils. Toutefois elle était gênée. Elle l'était
comme les personnes que l'on n'a pas habituées
à certaines prévenances. Change-t-on, elles se de-
mandent ce que cela signifie. François devint
presque tendre. Cette tendresse fit croire à la
mère que son fils cherchait un pardon. Qu'a-
t-il fait? se demanda-t-elle aussitôt. D'habitude,
François restait à peine dans le salon, le déjeuner
fini. Il s'y attarda. Il ne pouvait, sans en appro-
fondir la raison, se rassasier d'une image nouvelle.

A la fin Mme de Séryeuse, troublée, se
leva :

— Tu n'as rien de spécial à me dire?

— Mais non, maman, dit François, surpris.

— Bien, parce que j'ai à faire.

Et elle disparut.

François erra dans la maison comme une
âme en peine. Il s'était promis de passer la journée à Champigny, auprès de sa mère. Elle se
dérobait. Après avoir flâné dans la maison, puis
dans le jardin, il remonta dans sa chambre, choi-
sit un livre qu'il n'ouvrit pas, et s'étendit.

Il se retournait, comme un malade qui ne peut trouver le calme. De quelle potion avait-il besoin? Dans sa fièvre, il lui semblait que seule une main fraîche l'apaiserait. Il ne croyait pas en vouloir une entre toutes.

Il pensait aimer dans le vague, alors qu'il ne ressentait du vague qu'à cause d'un choc bien net. Mais il avait peur de donner son vrai nom à ce choc. Il ne s'était pourtant guère exercé à tant de délicatesse, à une telle pudeur envers soi-même. Il ne faisait pas, d'habitude, tant de façons pour s'avouer qu'il désirait. Lui qui n'avait jamais refréné ses sens, et à plus forte raison ses pensées, il s'en interdisait, aujourd'hui, certaines. Il semblait enfin comprendre que plus que nos manières, dont le public est juge, importe la politesse du cœur et de l'âme, dont chacun de nous a seul le contrôle. Pourquoi ne serait-on pas envers soi de bonne compagnie? Il avait honte d'avoir jusqu'ici montré moins d'estime à soi-même, de politesse, qu'aux autres, et de s'être avoué certains sentiments dont il n'eût fait confidence à personne. Mais dans sa nouvelle manie de pureté, il allait trop loin... jusqu'à l'hypocrisie.

François, aimant déjà Mme d'Orgel, craignait de lui déplaire. Et c'était pour ne pas lui déplaire qu'il ne pensait pas à Mahaut; car

il ne trouvait encore aucune de ses pensées digne
d'elle.

L'amour venait de s'installer en lui à une pro-
fondeur où lui-même ne pouvait descendre.
François de Séryeuse, comme beaucoup d'êtres
très jeunes, était ainsi machiné qu'il ne percevait
que ses sensations les plus vives, c'est-à-dire
les plus grossières. Un désir mauvais l'eût bien
autrement remué que la naissance de cet
amour.

C'est lorsqu'un mal entre en nous, que nous
nous croyons en danger. Dès qu'il sera installé,
nous pourrons faire bon ménage avec lui, voire
même ne pas soupçonner sa présence. François
ne pouvait se mentir plus longtemps, ni bou-
cher ses oreilles à la rumeur qui montait. Il
ne savait même pas s'il aimait Mme d'Orgel,
et de quoi au juste il pouvait l'accuser; mais
certes la responsable c'était elle, et personne
d'autre.

Il souhaitait ne plus rester en place, ne
plus être seul. Il était envahi de tendresse. Il
se souvint de la gêne instinctive de Mme de
Séryeuse, mais il voulait une présence. Il se
rappela une amie qu'il n'avait pas vue depuis
longtemps et que peut-être cet abandon affectait.
Il pensa la voir. Pourtant il résista. Ce fut

par superstition qu'il ne se rendit point chez
cette amie. Il lui sembla que ce serait trahir
la comtesse d'Orgel, et que cela lui porterait
malheur.

Il goûta chez les Orgel le lendemain. Il sentit alors que son amitié pour Anne était intacte. Cette amitié était plutôt la turbulence d'un cœur naïf. Il s'était dit tout le long du chemin : " J'aime Mahaut " et s'attendait à éprouver en face d'elle quelque chose d'extraordinaire. Mais il se sentait calme. "Me serais-je trompé, pensa-t-il, n'aurais-je que de l'amitié pour Anne, rien pour sa femme? "

On peut dire que les idées de François sur l'amour étaient toutes faites. Mais parce que c'est lui qui les avait faites, il les croyait sur mesure. Il ne savait pas qu'il ne se les était coupées que sur des sentiments sans vigueur.

Ainsi François, jugeant de son amour d'après les précédents, jugeait mal. Pourquoi d'abord cette attraction vers Anne? Ne doit-on pas être jaloux? Il savait que Mme d'Orgel aimait Anne, et, loin de le considérer comme un rival heureux, trouvait en lui un ami; il ne le voyait pas d'un mauvais œil à côté de Mme d'Orgel. François essayait bien de combattre ces extravagances, mais dès qu'il croyait les avoir dissipées, elles se reformaient.

Pour Anne d'Orgel rien que de fort explicable dans sa toquade. François lui devint vite un ami comme un autre. Il ne considéra pas ce qu'avait d'anormal que Séryeuse prît si vite rang parmi ses anciens amis.

Il n'analysait pas le motif de cette préférence. La raison en était d'ailleurs incroyable. Il eût haussé les épaules, comme quiconque, si on la lui avait révélée. Orgel préférait François à tous parce que François aimait sa femme.

Nous sommes attirés par qui nous flatte, de quelque façon que ce soit. Or François admirait le comte. Son admiration allait avant tout à l'homme capable d'être aimé d'une Mahaut. En retour, Orgel éprouvait sans le savoir, pour François, un peu de cette reconnaissance que l'on éprouve envers qui nous porte envie.

Non seulement l'amour de François était la raison mystérieuse de la préférence du comte d'Orgel, mais encore cet amour décida son amour pour sa femme. Il commençait de l'aimer, comme

s'il avait fallu une convoitise pour lui en apprendre le prix.

Mme d'Orgel voyait, elle, d'un assez bon œil
cet ami d'Anne. Pouvait-elle s'inquiéter de la
préférence qu'elle accordait à François? N'était-il
point de son devoir conjugal de partager les pré-
férences de son époux?

Comment se méfier de ce qui vous rapproche?

Très vite, l'hôtel d'Orgel ne put se passer de François de Séryeuse. En donnant beaucoup de son temps à ses nouveaux amis, celui-ci ne sacrifiait rien. François ne négligeait pour eux que des personnes qu'il fréquentait par désœuvrement.

Les Orgel ne donnaient plus de dîner que François n'y vînt.

La première fois que Séryeuse dîna chez les Orgel, il eut pour voisine la sœur d'Anne, Mlle d'Orgel, dont il ne soupçonnait pas l'existence. En face de son empressement, celle-ci pensait avec amertume : On voit bien qu'il est nouveau venu dans la maison.

François croyait connaître tous les Orgel. Il ne fut pas peu surpris de l'existence de cette sœur. Il vit une simple coïncidence dans le fait que Mlle d'Orgel n'avait paru à aucun déjeuner. Or le hasard n'y était pour rien.

Le comte d'Orgel la cachait pour des motifs
complexes, dont le plus simple était qu'il la
savait d'un mérite mince.

Elle n'avait d'autre qualité à ses yeux que d'être
sa sœur.

Mlle d'Orgel était l'aînée. A la voir, François
comprit ce qui pouvait faire trouver Anne
ridicule. Elle était comme la maquette disgra-
cieuse d'un ouvrage parfait. Son mécanisme plus
grossier expliquait les horlogeries subtiles de son
frère.

D'ailleurs, si elle ne tenait aucune place dans
l'hôtel d'Orgel, il n'en était pas de même partout.
Les personnes à qui les caricatures parlent mieux
qu'un dessin, lui trouvaient meilleur air qu'au
comte. Elle émiettait ses après-midi en visites à
des personnes fort vieilles ou fort ennuyeuses,
que les Orgel négligeaient. Ces gens qui trouvaient subversives les fêtes de la rue de l'Université, parce qu'on ne s'y ennuyait pas, y accou-
raient du reste sur un signe.

Lorsque dans un salon on entendait prononcer
le nom de Mlle d'Orgel, on pouvait être sûr que
c'était pour en dire du bien. Elle était de ces
personnes effacées dont les amis sont seuls à
parler. Et encore pouvait-on suspecter cette bonne
grâce qui n'était souvent qu'un déguisement

de rancunes envers son frère et sa belle-sœur.

"Et puis c'est une sainte", ajoutaient, à la fin, ceux qui faisaient son éloge. Cela signifiait que la nature l'avait peu comblée.

Le comte d'Orgel naissait à un sentiment nouveau.

Il avait toujours évité l'amour comme une chose trop exclusive. Pour aimer il faut du loisir, et les frivolités l'accaparaient.

Mais la passion s'insinua en lui si habilement qu'il y put à peine prendre garde. Cette nouveauté datait du jour où Mahaut, assise sur la banquette du garde-feu, parlait avec François de Séryeuse. Ce jour-là son mari l'avait convoitée comme si elle n'eût pas été sa femme.

François, lui, eût certes souhaité moins de fêtes, et plus d'intimité. Mais il mettait une émulation d'enfant sage à jouir de ce qu'on lui offrait. Il allait jusqu'à s'appliquer à être un convive agréable. Lui qui eût voulu pouvoir rester sans mot dire, bouche bée devant Mahaut, il se torturait l'esprit pour parler à ses voisines.

Les personnes dont François redoutait le plus le voisinage à table étaient les garçons de son

âge, fades jeunes gens du monde, dont il se croyait
méprisé, alors qu'ils l'enviaient à cause de l'affection d'Anne, affection à laquelle ils n'osaient
prétendre. Car pour eux qui le connaissaient
depuis toujours, Anne d'Orgel restait l'aîné.
Il les traitait d'ailleurs un peu en collégiens, et
François, parce qu'Orgel ne l'avait pas connu
enfant, ne lui représentait pas le même âge qu'eux.
Si François avait deviné l'envie qu'il leur inspi-
rait, il les eût sans doute trouvés plus aimables.

Dans ces soirées, François n'aspirait qu'à se
faire oublier de tous, comme il oubliait tout le
monde, à l'exception de Mahaut. Mais Anne
d'Orgel ne l'entendait pas ainsi. Son amitié le
poussait à mettre François en vedette. François
en souffrait, non qu'il fût modeste ou timide,
mais il s'imaginait que chacun allait lire derrière
son visage.

Car ce qu'il y cachait, il souhaitait que personne, pas même Mahaut, ne le découvrît. Il lui
semblait que cette découverte ne pourrait que
détruire son bonheur. François était heureux,
comme on ne peut l'être qu'à cet âge, sans rien
posséder.

François, qui ne parlait jamais de ses amis à Mme de Séryeuse, faisait exception pour les Orgel. Sa mère était touchée qu'il semblât la tenir moins à l'écart de sa vie.

François ne se cachait plus à sa mère, parce qu'il n'avait à rougir de rien. Sans doute cette pureté provenait-elle surtout des circonstances, mais il y trouvait profit. François avait jusqu'alors soupçonné la pureté d'être fade. Il jugeait maintenant que seul un palais sans délicatesse en pouvait méconnaître le goût. Mais ce goût, François ne le trouvait-il pas dans le moins pur de son cœur?

François parlait à sa mère d'une façon si convaincue du comte et de la comtesse d'Orgel, que, sans être connus d'elle, ils étaient les seuls amis de son fils dont Mme de Séryeuse ne se méfiât point. Pourtant, François négligeait ce qui l'avait tant préoccupé : réunir sa mère et les

Orgel. Le bonheur qu'il ressentait était si neuf qu'il n'osait aucun geste de peur d'en détruire l'équilibre.

Un jour qu'il lui racontait un dîner de la veille, Mme de Séryeuse lui dit :

— Que doivent penser de toi ces amis? Tu dois passer pour n'avoir ni feu ni lieu. Pourquoi ne les inviterais-tu pas?

Il regarda sa mère avec surprise. Était-ce bien elle qui parlait? Lui qui n'avait jamais osé provoquer cette invitation, maintenant que c'était elle qui la lui proposait, il cherchait des obstacles.

— On dirait que cela te dérange, dit Mme de Séryeuse.

— Comment peux-tu le penser? s'écria François, en l'embrassant.

Mme de Séryeuse, confuse, repoussa doucement son fils.

Mme d'Orgel montra un vrai plaisir quand elle sut que Mme de Séryeuse désirait les connaître. Il lui plaisait de donner du sérieux à cette amitié.

Anne, lui, poussa ses cris habituels. Sur ces entrefaites, sa sœur parut. François estima convenable de l'inviter. Mais avant que la malheureuse eût pu répondre, Anne s'interposa : " Samedi, vous déjeunez chez tante Anna ", dit-il.

François avait déjà entendu le nom de cette tante le jour où Mme d'Orgel le laissa en tête-à-tête avec le comte après le coup de téléphone de Paul Robin. Anne d'Orgel avait eu alors ce regard stupide qui signifiait qu'elle mentait. François se demanda même si cette tante n'était point un mythe. Elle existait cependant. Mais les Orgel la négligeaient, et il leur semblait qu'ils l'en dédommageassent en se servant d'elle comme alibi.

Quand le comte et la comtesse d'Orgel entrè-
rent dans le salon de Champigny, François fut
aussi stupéfait que s'il ne les eût pas attendus. La
présence de ses amis dans cette pièce qu'il connaissait depuis si longtemps le surprenait comme une
apparition. Sa stupeur démonta un peu Anne
d'Orgel. Mais ce qui l'intimida le plus, ce fut
de se trouver en présence de cette jeune femme.
Anne d'Orgel adorait conquérir de vieilles gens.
En route pour Champigny il préparait sa con-
quête. Tant de jeunesse le dérouta.

François ressentit du trouble devant l'empressement fort naturel d'Anne. C'était la première
fois qu'il voyait un homme auprès de sa mère.

Ce jour-là, Mme de Séryeuse était étonnante.

En l'admirant, François oubliait peu à peu
qu'elle était sa mère. Elle se prêtait à cet oubli,
car elle parlait sur un ton vif que François ne
lui avait jamais connu.

Chose incroyable, à ce contact, Mme d'Orgel

se sentait rajeunir. Elle, toujours si déférente,
devait se contraindre pour ne point voir en
Mme de Séryeuse une compagne d'enfance que
l'on retrouve.

Après le déjeuner, Mme de Séryeuse et
Mme d'Orgel causaient ensemble; et comme
François contemplait ce tableau, le comte d'Orgel, pour se distraire de son silence, regarda ceux
qui étaient accrochés aux murs. Mais son œil
s'égarait dans le vague. Mme de Séryeuse, qui
ne prenait pas ce manège pour de l'impatience,
crut que quelque chose intriguait son hôte dont
l'œil semblait posé sur une miniature, qu'en réalité il ne voyait pas.

— Vous regardez ce portrait?

Anne se leva pour le voir.

— Il ne ressemble guère aux images habituelles
de l'Impératrice Joséphine. Pourtant c'est elle,
à quinze ans. Il fut exécuté par un Français de
la Martinique et envoyé à Beauharnais pour lui
faire connaître sa fiancée.

Au mot de Martinique, Mme d'Orgel avait
levé la tête comme un chien qui entend son
nom. Elle se dirigea vers la miniature.

— Elle était, dit Mme de Séryeuse, la tante
à la mode de Bretagne de mon arrière-grand-
mère, qui jeune fille était une Sanois comme la
mère de Joséphine.

— Mais alors, s'écria Anne en se tournant vers François et Mahaut : " Vous êtes cousins ! "

Il s'amusait comme un fou de sa découverte.

Un silence de stupeur suivit cette affirmation. François ne savait pas grand-chose de la famille de Mahaut. Comme Mahaut ne répondait pas, Anne insista :

— Enfin je ne me trompe pas, vous êtes alliés à la fois aux Tascher et aux Desverge de Sanois?

— Oui, dit Mme d'Orgel, comme si c'était un aveu pénible.

Pourquoi ce trouble? La pensée qu'elle était liée à François par des liens, même ténus, la gênait. Elle remit à plus tard l'explication de son malaise. Elle ne pensa qu'à ce que son attitude avait de peu cordial envers Mme de Séryeuse et François.

François était lui-même si troublé qu'il ne remarqua pas l'accueil fait par Mme d'Orgel à ce cousinage.

Anne d'Orgel n'était pas encore revenu de ce coup de théâtre :

— Voici qui aurait fait plaisir à mon père, dit-il à François. Il me reprochait mes amis, il répétait : " De mon temps, on n'avait pas d'amis, on n'avait que des parents. " Ce n'est qu'aujourd'hui qu'il vous eût agréé, ajouta-t-il en riant.

Anne se croyait affranchi de l'esprit de famille, et pensait citer ce mot de M. d'Orgel sous forme de plaisanterie. Mais la joie qu'il avait de sa découverte prouvait assez qu'il était bien le fils du feu comte d'Orgel.

— Comme vous allez vite, dit Mme de Séryeuse. Êtes-vous sûr que ce n'est pas un peu usurper un titre, que de nous proclamer cousins de Mme d'Orgel parce que nos ancêtres le furent?

Le bon sens de Mme de Séryeuse plut à Mahaut. Elle avait raison. De la part d'Anne, quel excès! Mais ensuite, dans son enthousiasme et son étourderie habituels, il prononça une phrase qui vint à la rescousse :

— D'ailleurs vous êtes parente avec toute la Martinique!

Mme de Séryeuse n'avait aucune habitude d'Anne, de ses images, de ses folies. Si " toute la Martinique " signifiait aux yeux d'Anne les trois ou quatre familles avec lesquelles les Grimoard avaient pu contracter des alliances, ces mots, pour Mme de Séryeuse, embrassaient toute l'île. Elle trouva le comte bien cavalier, et crut qu'il voyait peut-être en elle une descendante des nègres. Pour la première fois elle eut l'orgueil de sa race. Elle dit à Mahaut :

— M. d'Orgel a raison : l'alliance de votre

famille avec les Sanois n'a rien d'imprévu.
C'était un des deux ou trois partis possibles...

Mahaut, sa cousine!

François se demandait s'il devait s'en réjouir
ou s'en attrister. Il pensait à ses cousines ger-
maines, si fades, avec lesquelles il avait passé
son enfance, et qui l'avaient tant ennuyé. Il se
disait avec mélancolie que Mahaut aurait pu
tenir leur place, qu'il aurait pu être élevé avec
elle.

Car il ne doutait pas une minute de la force
de ces liens; ce qui pouvait paraître comique
chez Séryeuse, mais combien plus fou chez
le comte d'Orgel. Comment celui-ci, qui cousi-
nait avec tout le Faubourg, et n'y attachait d'importance qu'en bloc, donnait-il tout à coup une
si haute signification à ce faible lien? C'est que,
pour lui, François avait toujours un peu échappé
à l'ordre. Il n'était pas complètement dans la
ronde. Cette amusette, aux yeux du comte, l'y
faisait entrer.

Quatre coups sonnèrent à la pendule. Anne
d'Orgel demanda si François allait à Paris.
François, qui n'y avait rien à faire, à la perspective d'un voyage en auto auprès de Mme d'Orgel,
inventa un rendez-vous.

" Je crois que mon fils voudrait vous montrer les bords de la Marne, dit Mme de Séryeuse. Aussi, faudra-t-il revenir bientôt. "

Les Orgel lui firent promettre de venir d'abord déjeuner chez eux.

François regarda sa mère avec reconnaissance.

— Rentreras-tu dîner? demanda-t-elle.

François qui n'allait à Paris que pour accompagner les Orgel, mais n'y voulait voir personne, afin qu'aucun visage ne s'interposât entre son bonheur et lui, répondit qu'il reviendrait.

Mais Anne pria Mme de Séryeuse de lui laisser son fils. François le souhaitait, mais n'osait y croire, car les Orgel invitaient rarement à la dernière minute. La reconnaissance de François le fit se féliciter de ressentir un amour qui ne pouvait recevoir aucune réponse, car il mesura le dégoût de tromper un ami comme Anne d'Orgel. Peut-être aurait-il eu moins de beaux scrupules s'il lui eût été donné de suivre, dans la voiture, les pensées qui vinrent à Mme d'Orgel sans qu'elle-même les pût mettre en ordre. Il en est des êtres comme des mers; chez les uns l'inquiétude est l'état normal; d'autres sont une Méditerranée, qui ne s'agite que pour un temps et retombe en la bonace.

Ce n'était pas sans malaise que Mahaut trouvait tant de charme à l'immixtion d'un tiers dans

leur ménage; ce malaise datait presque du premier contact. La visite chez Mme de Séryeuse
avait rassuré Mahaut. Un trompe-l'œil prolongea
ce malentendu; elle se reposait maintenant sur
ce cousinage sous le couvert duquel ses ancêtres
avaient perpétré des mariages sans amour, sans
inquiétude. François ne lui faisait plus peur. En
un mot, sans qu'elle le soupçonnât, Mme d'Orgel éprouvait pour ce lointain cousin le sentiment de ses aïeules pour leur mari. Mais, en cette
minute, elle aima son mari comme un amant.

Nous l'avons dit, Mahaut était de ces femmes
qui ne sauraient faire de l'agitation leur pain
quotidien. Peut-être même la principale raison
de la vertu de ses aïeules résidait-elle dans leur
crainte de l'amour qui ôte le calme.

Lorsque, descendant pour le dîner, Mlle d'Orgel parut dans le salon, Anne cria d'un bout de la pièce à l'autre :

— Une grande nouvelle! Devinez quoi... Mahaut et Séryeuse sont cousins.

Mlle d'Orgel regarda son frère, puis, tirant son face-à-main, les deux jeunes gens sur la sellette.

" Que mon frère est singulier... ", se dit-elle, sans ajouter un sens bien défini à cette remarque.

Anne d'Orgel ne parla de rien d'autre à table. Il ne fit grâce d'aucun détail et en profita même pour dresser la généalogie complète des Grimoard de la Verberie. Mme d'Orgel portait sur son front la rougeur du prix d'excellence à la lecture du palmarès. François admirait les connaissances prodigieuses d'Anne d'Orgel, que Champigny avait mis en verve, et qui, ce soir-là, se dépassa à propos des Grimoard.

Cependant la nouvelle se répandit vite jusqu'à l'office.

— A la longue, M. le Comte a dû trouver cela plus commode, dit sentencieusement un valet de pied.

L'office n'est pas loin du salon. Ce domestique précédait la médisance; il formula ce qu'on allait chuchoter, et même dire tout haut.

Au moment de partir, François porta la main de Mme d'Orgel à ses lèvres. Anne les empoigna tous deux : " Voulez-vous bien dire au revoir autrement à votre cousine, et me faire le plaisir de l'embrasser. "

Mme d'Orgel se recula. Ni elle ni Séryeuse n'avaient plus envie de s'embrasser que d'entrer vifs dans le feu, mais chacun pensa qu'il fallait n'en rien révéler à l'autre. C'est pourquoi ils s'exécutèrent en riant. François posa un gros baiser sur les joues de Mahaut, dont la figure prit une expression méchante. Elle en voulait à son mari de cette contrainte et à Séryeuse du rire qu'il avait eu. Car si elle savait ce que signifiait son propre rire, elle ne soupçonnait pas le sens de celui de François.

Le lendemain de ce jour Séryeuse souhaita voir Paul Robin. Il alla le chercher aux Affaires Étrangères. Il lui raconta l'épisode de Champigny.

Paul crut reconnaître un mensonge fabriqué par Anne d'Orgel. La fable lui paraissait maladroite, comme ce qui est vrai. Le monde chuchotant, Paul hésitait encore. Il n'hésita plus. Son opinion fut faite.

Et il pensa comme le valet de pied.

— Est-ce extraordinaire! s'écriait François.

— Mais non, mais non, dit Paul. — Il semblait répondre à un dramaturge qui lui eût soumis un scénario. — Non, non, c'est très curieux, très bien amené. Le portrait de Joséphine, la Martinique, l'ensemble me plaît beaucoup.

François de Séryeuse regarda Paul avec stupeur. Il ne se douta point, cependant, que le diplomate croyait applaudir une fable. " Quel

singulier tour d'esprit que le sien! pensa-t-il.
Robin juge la vie comme un roman. "

Il ne croyait pas tomber si juste.

François était allé voir un ami pour lui confier
un peu de sa joie. Il eut une impression de grande
solitude. En effet, il était seul, seul avec son
amour, que tout le monde croyait couronné.

Anne voulait donner un dîner en l'honneur de Mme de Séryeuse. François objecta qu'elle n'aimait pas sortir le soir. On décida un déjeuner.

Après ce repas, François et sa mère quittèrent ensemble les Orgel. Mme de Séryeuse était un peu étourdie par tant de monde. Après qu'ils eurent fait quelques pas en silence :

— Quelle personne charmante, dit-elle, que Mme d'Orgel. Je n'en souhaiterais pas d'autre pour bru.

" Et moi, pas d'autre pour femme ", pensa-t-il tristement. Mais il ne répondit rien. Il voyait dans les paroles de sa mère la certitude de son destin, la preuve que son cœur ne se trompait pas.

Le baiser sur la joue était à François un mauvais souvenir.

De son côté, Mme d'Orgel y pensait encore. Mais par un stratagème du cœur, elle croyait simplement en vouloir à son mari de ce baiser absurde.

Un soir qu'ils se rendaient au théâtre, et que François, à son habitude, était assis dans l'auto entre ses amis, mal installé et cherchant à se faire un peu de place, il glissa son bras sous celui de Mme d'Orgel. Il s'épouvanta de ce geste qui était plus un geste de son bras que de lui-même. Il n'osa le retirer. Mme d'Orgel comprit que c'était un geste machinal. Ne voulant pas le souligner, elle n'osa non plus retirer son bras. François de Séryeuse devina la délicatesse de Mahaut et qu'il n'y fallait voir aucun encouragement. Ils restèrent immobiles, dans un malaise affreux.

François, pensant un jour à cette scène, fit un calcul indigne de son amour. Bien qu'il n'eût pas mal entendu le silence de Mahaut, il pensa en profiter, et à tirer bénéfice d'une situation qui leur avait été si pénible. Le souvenir du baiser le poussait à prendre une revanche. Mais le soir où son bras se glissa de nouveau, Mme d'Orgel sentit bien qu'il se glissait exprès. Elle ne pensa pas une seconde se trouver en face de l'amour, ou simplement du désir. Ce geste lui apparut comme une insulte à l'amitié. " Je me suis méprise. Il ne mérite pas notre confiance. " Toutefois elle n'osa retirer son bras, de peur d'attirer le regard d'Anne. Pour une faute de goût de François, devait-elle risquer une brouille? Elle espérait encore qu'il remuerait; au contraire, il insistait, enhardi par ce silence.

François vit son profil. Alors il eut les larmes aux yeux. Il aurait voulu se jeter aux genoux des Orgel, leur demander pardon. C'était la honte qui l'empêchait maintenant de retirer son bras.

Un phare illumina l'intérieur de la voiture. Le comte d'Orgel vit le bras de son ami passé sous celui de sa femme. Il ne dit rien. François de Séryeuse quitta les Orgel, quai d'Anjou.

Jusqu'à la rue de l'Université, le comte et la comtesse restèrent silencieux. Anne était bou-

leversé par sa découverte. Il ne savait que croire.
Enfin, Mme d'Orgel pensa que si elle ne racontait
rien, elle n'oserait plus jamais regarder Anne.
Elle avoua donc sa gêne, que Séryeuse avait dans
la voiture passé son bras sous le sien, et qu'elle
l'avait laissé, par crainte de complications. Elle
demandait à Anne ce qu'elle devait faire pour
que François comprît le déplaisir qu'elle avait
eu de ce geste.

Anne d'Orgel respira. Ainsi Mahaut ne lui
cachait rien, elle était innocente. Elle lui faisait
l'aveu de ce qu'il avait vu, sans savoir qu'il
l'avait vu.

Il jouissait de son soulagement, en silence.
Ce silence inquiéta Mme d'Orgel. Son mari
allait-il signifier à François de ne plus remettre
les pieds chez eux? N'avait-elle pas eu tort de
parler? Elle était prête à défendre le coupable, à
lui trouver des excuses. Elle leva timidement
les yeux vers Anne. Elle s'attendait à un visage
de colère. Que signifiait cette joie?

— Et... c'est la première fois? demanda-t-il.

— Comment pouvez-vous en douter, et pourquoi aurais-je retardé de vous le dire? Je ne m'at-
tendais pas à de pareils soupçons, répondit-elle,
offensée, non tant des doutes de son mari, que de
la joie peinte sur son visage.

Ainsi, venait-elle de mentir sans même se

rendre compte. Un simple enchaînement de
paroles lui fit escamoter le premier geste de
François, la moitié de la vérité. Elle eut envie
de se reprendre, de dire : " Non, je me trompe.
Une fois déjà, François a passé son bras sous le
mien et je suppose qu'il le passait par maladresse. "

Mais elle se tut. Après ce nouvel aveu son
mari n'eût-il pas été en droit de douter d'elle?

Mahaut attendait toujours un conseil. Mais la
détente qu'Anne ressentait de la franchise de sa
femme lui cacha le reste. Il ne pensait même plus
à l'audace de François.

— C'est un enfantillage, dit-il. Voyez comme
j'y attache peu d'importance. Faites comme moi...
Si François recommençait, alors nous avise-
rions.

Cette légèreté déplut a Mme d'Orgel. Puisque son mari lui refusait son concours elle décida,
s'il y avait lieu, d'organiser seule sa défense.

Anne d'Orgel put se figurer qu'il avait sagement agi, car Mahaut n'eut pas de nouveau sujet de plainte

En effet, Séryeuse se promit de ne jamais renouveler son geste. Il ne doutait pas que Mahaut eût tout raconté. Il fut reconnaissant qu'on ne lui en touchât pas mot, qu'on parût l'ignorer. Cette générosité l'accabla davantage. Il se représenta mieux son imprudence.

Se rendant compte qu'il avait démérité de Mahaut, il s'appliqua. Il n'en parut que plus aimable. Aucune manœuvre ne l'eût mieux servi.

Il faisait beau. Ils allaient souvent dîner hors Paris. François poussait Anne à ces escapades. Et celui-ci supportait la campagne, car il s'apercevait qu'au moindre semblant de verdure sa femme s'épanouissait.

Dans ces rapports entre trois personnages on sentira que tout se déroule sur un mode élevé

dont on a peu l'habitude. Le danger banal n'en
était que plus grand, car eux moins que personne
ne pouvaient le reconnaître, noblement tra-
vesti.

Que de fois, revenant de Saint-Cloud ou de
ses environs, et traversant le Bois de Boulogne,
Mme d'Orgel et François de Séryeuse, sans savoir
que leurs pensées s'enlaçaient, croyaient chacun
faire un long voyage avec l'autre et traverser
ensemble des forêts profondes.

Souvent, à ces escapades, s'associait le prince
persan que l'on appelait Mirza. Il s'ingéniait à
distraire une petite nièce, une veuve de quinze
ans, que son éducation européenne avait affran-
chie des coutumes orientales. Ce prince et cette
jeune princesse étaient les seuls êtres avec lesquels Mahaut et François se sentissent à l'aise
à la campagne.

L'amour accorde tout le monde. Certes Mirza
n'aimait pas sa nièce comme François Mahaut,
mais de la manière dont Séryeuse croyait aimer :
Mirza aimait purement. En face de ce visage
enfantin et qui avait déjà pleuré un époux, Mirza
ne pouvait retenir une tendresse, que Paris,
toujours à l'affût du mal, n'avait pas tardé à
juger excessive de la part d'un oncle.

C'était leur blancheur mal comprise qui
rapprochait sans qu'ils s'en doutassent Mirza,

la jeune Persane, les Orgel et François. Ils allaient, pourrait-on dire, la cacher hors de Paris.

Nous avons montré à Robinson Mirza tel que le peignait le monde. Nous en fîmes donc une peinture inexacte. Par exemple, cette vertu que tous lui concédaient, le sens du plaisir, c'était le sens de la poésie. Mirza d'ailleurs entendait mal sa propre poésie. Il se voyait pratique et d'une précision tout américaine. Mais outre que la poésie tient plus de la précision que du vague, la manie de ce prince le poussait aux plus charmantes erreurs. Il ne pouvait partir pour Versailles, pour Saint-Germain, sans déplier d'immenses cartes de la région parisienne, bariolées comme des cachemires. Sous prétexte de trouver la route plus courte, il se perdait.

Sa race surgissait au moment où l'on s'y attendait le moins. Un soir que la petite bande parcourait une allée du Bois de Boulogne, Mirza sursaute, tire son revolver, fait arrêter son auto, et, retenant sa respiration, se poste derrière un arbre. Il venait d'apercevoir deux biches.

On lui eût fait en vain observer qu'on ne chasse pas les biches du Bois de Boulogne.

Par bonheur son arme était trop perfectionnée pour être utile. Il remonta en voiture, fâché contre cette arme. Il aurait voulu offrir les deux biches à sa nièce et à Mme d'Orgel. Ce qui amusa le plus les Orgel et Séryeuse, ce fut la bouderie de la petite Persane. Elle regrettait de n'avoir pu revenir au Ritz avec la chasse de son oncle.

Depuis que Mme de Séryeuse avait dit, au sujet de Mahaut : " Je ne souhaiterais pas d'autre bru ", François éprouvait quelque gêne en face de sa mère. Il craignait qu'elle ne devinât son amour. Aussi éviterait-il de réunir les deux femmes. Il redoutait que sa mère lui démontrât qu'aimer Mahaut, fût-ce en silence, c'était une trahison.

C'est par respect pour ma mère, se disait-il, que je ne la mêlerai plus à une situation qui, pour être chaste, n'en est pas moins fausse.

Mais comme l'amour rend craintif, il eut peur que les Orgel lui reprochassent l'ombre où il laissait depuis quelques semaines Mme de Séryeuse.

Chaque fois que ses amis venaient à Champigny, le temps manquait pour qu'ils visitassent les bords de la Marne. Il brûlait du désir de voir Mahaut dans ce décor de son enfance. Le mois de mai était propice à son dessein. François calcula que si les Orgel déjeunaient chez sa

mère, la visite au bord de la Marne serait partie
remise. Comme d'autre part il craignait que ses
amis ne voulussent point venir si ce n'était pour
Mme de Séryeuse, il inventa que sa mère serait
contente de les voir et de fixer le jour. La veille
de ce rendez-vous postiche, il dormit chez les
Forbach afin que les Orgel vinssent le prendre
en auto. Une fois en route, François leur dit :

— Figurez-vous que la concierge vient de
me remettre un pneumatique arrivé hier soir.
Ma mère me dit qu'elle doit partir pour Évreux,
chez un oncle malade. Elle espérait sans doute
que je vous préviendrais à temps. Elle s'excuse
beaucoup.

Anne d'Orgel trouva singulier que François
ne les prévînt qu'une fois partis. François s'empressa d'ajouter :

— Allons tout de même à Champigny. Je
vous montrerai la Marne.

Anne d'Orgel accepta. Il croyait flatter le
goût de Mahaut.

François risquait peu à ce mensonge. Mme de
Séryeuse ne se promenait jamais le long de la
Marne. Quand elle faisait atteler, c'était à Cœuilly,
à Chennevières qu'elle allait, loin de la Marne.

Mme d'Orgel n'était guère satisfaite de la
tournure que prenaient les choses. La veille

elle s'était dit que la sagesse exigeait qu'ils espaçassent les escapades. Elle en revenait chaque fois doucement enfiévrée, et dans un vague qu'elle jugeait dangereux. Si son mari lui faisait quelque caresse, elle se sentait toute triste. Elle ne voulait trouver à cela que des motifs simples. Elle se disait qu'elle était comme ces gens qui aiment les fleurs, et que leur parfum entête. Il suffit de ne pas s'endormir auprès d'elles. Car Mahaut voulait se persuader que ce vague lui était pénible. Et sa comparaison avec le parfum des fleurs était fausse, car son vague n'était pas migraine, mais griserie.

Ils avaient déjeuné sous une tonnelle au bord de la rivière. La table était desservie. Assise dans un fauteuil, Mme d'Orgel, de méchante humeur, tournait le dos à la Marne, à l'île d'Amour, à son mari et à Frahçois. Elle n'avait d'autre vue que la route...

Un bruit de grelots et le petit trot d'un cheval firent sursauter Séryeuse. Son oreille ne pouvait s'y tromper; c'était la voiture de sa mère.

En une seconde, il mesura la laideur de sa conduite envers elle et les Orgel.

Où pouvait aller Mme de Séryeuse sur cette route? Elle n'allait nulle part et aucune ingéniosité ne pourrait expliquer cet itinéraire exceptionnel. Il fallait le mettre sur le compte de ces hasards assez nombreux pour que les hommes aient fini par y reconnaître la main d'une déesse : la fatalité. Simplement, ou, si l'on veut, fatalement, Mme de Séryeuse, ne pouvant tenir en place, avait fait atteler et donné l'ordre d'une promenade dont elle n'avait pas l'habitude.

Voilà pourquoi son fils entendait passer sa voiture sur la route.

— Je suis perdu, se dit-il. En effet, si Anne et François ne pouvaient voir Mme de Séryeuse, ni en être vus, elle ne pouvait échapper à Mahaut.

La victoria passait. Il ferma les yeux, comme quand on se noie.

Jamais Mme de Séryeuse n'avait paru si jeune. Mahaut ne la connaissait qu'en toilette sombre. Avec cette robe de campagne, ce chapeau de paille, cette ombrelle, on pouvait imaginer une sœur cadette de François.

Devant l'apparition, Mahaut crut rêver. Elle poussa un cri. La victoria avait disparu. Anne d'Orgel se retourna.

— Qu'avez-vous? demanda-t-il.

François était si pâle que Mahaut, par un réflexe étrange, modifia sur-le-champ sa réponse.

— Rien, dit-elle, je me suis piqué le doigt.

Anne la gronda doucement :

— Vous nous faites de ces peurs!... Voyez, François est blanc comme un linge.

... François reprenait ses esprits. Il ne pouvait supposer que Mahaut fût complice :

" Elle n'a pas vu ma mère, grâce à cette pi-qûre. "

Mais son soulagement, loin de les atténuer,

augmenta ses remords. Il imaginait ce qui aurait
pu arriver; il voyait les Orgel le chassant comme
on chasse un tricheur d'un cercle.

Mme d'Orgel se taisait. Elle se demandait
la raison de sa réponse. Elle la rapprocha de l'autre mensonge. Mais elle agissait sur les ordres
d'une Mahaut inconnue, et ne pouvait ni ne voulait y rien comprendre. Elle arrêta net son interrogatoire. Depuis quelques semaines elle avait
contracté cette habitude.

La pâleur de François répondait pour Anne
à une inquiétude excessive. Cette inquiétude
l'agaça. Il se reprit à temps : " Tomberais-je
dans le ridicule d'être jaloux? "
Ainsi subirent-ils une alerte et chacun manqua
surprendre un peu de la vérité. Mais tout rentra
bientôt dans l'ordre, c'est-à-dire dans les ténè·
bres.
Mme d'Orgel, honteuse d'avoir confusément
cru leur ami coupable, et aussi gênée de son
mensonge envers François qu'envers Anne, s'appliqua à racheter, pour elle-même, l'inexplicable
de sa conduite. Elle se montra plus affectueuse
que d'habitude. Les avantages de cette alerte
retombèrent aussi sur Mme de Séryeuse. François ne l'écarta plus des Orgel.

Paris se dépeuplait. L'été était avancé, François de Séryeuse ne songeait guère à partir, et, chose moins croyable, Mme d'Orgel non plus. Anne s'en étonnait, qui savait leur goût commun pour la campagne. Le comte, qui n'était jamais pressé de s'y rendre, éprouvait ainsi la satisfaction secrète des enfants auxquels on oublie de faire réciter leurs leçons. Les Orgel avaient préparé leur été de telle sorte qu'en passant juillet à la ville, c'était la véritable campagne qu'ils sautaient, c'est-à-dire, pour Anne, la mauvaise période. En août, tandis que Mlle d'Orgel séjournerait en Bavière, Anne et Mahaut iraient chez les Orgel d'Autriche. Ces derniers ne connaissaient pas encore la jeune femme. Ce séjour ne lui souriait guère; non plus de se rendre ensuite à Venise.

Pourtant, ses devoirs de vacances ne la fâchaient pas tant qu'ils eussent fait l'année précédente.

Anne d'Orgel était content de sa femme. Il

n'avait osé espérer qu'elle accueillerait aussi bien son programme. Il la jugeait en progrès. " Avant, se disait-il, elle ne jouissait bien de son bonheur que lorsque nous étions seuls. Le monde ne la dérange plus. "

Une excuse que se donnait Mahaut pour rester à Paris était qu'elle passait presque toutes ses journées dans le jardin. Souvent, après le déjeuner qu'on y servait, Anne disait à François et à Mahaut : " Si vous permettez, je vous laisse. " Et il avouait : " Je vous admire, mais je déteste le plein air. Dans ce jardin, il fait trop chaud ou trop froid. "

— Que c'est aimable à vous de me tenir compagnie! Ce n'est pourtant guère amusant, disait Mme d'Orgel à François, comme si elle eût été une vieille dame.

François souriait, restait, et se taisait.

Mme d'Orgel cousait. Quelquefois, devant la torpeur heureuse de François, elle était tout à coup prise de crainte. Elle l'appelait. Elle agissait comme les enfants que le spectacle du calme effraie, qui pensent que si l'on ne bouge pas, ou que si l'on ferme les yeux, c'est qu'on est mort. Mais elle ne voulait pas convenir de son enfantillage et avait toujours une bonne raison. " Passez-moi cette pelote. — Voyez-vous mes ci-

seaux? " Souvent, lorsque François lui passait
l'objet demandé, leurs mains se frôlaient mala-
droitement.

Elle ne s'alarmait pas après ces longues journées. Elle se disait : " En face de lui je n'éprouve
rien. " N'est-ce pas là une parfaite définition du
bonheur? Il en est du bonheur comme de la
santé : on ne le constate pas.

Parfois, cet état de bien-être où baignait
Mme d'Orgel, cette douce exaltation la pous-
saient à des gestes qui remplissaient François
de gratitude. Ainsi, après une de ces soirées,
proposa-t-elle de l'accompagner à Champigny.

— Mais vous n'y pensez pas, dit Anne,
nous n'avons pas donné l'ordre à Pascal. Il est
sûrement couché.

— Anne, vous savez conduire, je sens que
je ne vais pas fermer l'œil, une promenade me
détendrait.

Anne d'Orgel souscrivit avec assez de tiédeur
à ce caprice. Aussitôt Mme d'Orgel se représenta ce qu'il contenait de folie. Elle rebroussa
chemin avec une rapidité extraordinaire :

" Vous avez raison, j'étais dans la lune. "

Elle en eut de l'humeur contre elle-même.
" Qu'est-ce que ces caprices? Il est temps que
nous partions. Je m'énerve ici, et tous les soirs,

je me retrouve dans un état singulier. Est-il
convenable à une personne de mon âge de vivre
dans cette paresse, assise sous les arbres? "

Elle n'ajoutait pas : " Avec François. "

— Au fait, dit-elle à Anne, que faisons-nous
à Paris? Nous sommes ridicules, il n'y a plus
personne.

Ce mot rappela François à la réalité. Mais
comme il vivait dans le rêve, il crut entendre une
malice.

Il est au-dessus de notre force de supporter
les blessures de vanité. Elles nous tournent la
tête. La vanité de François, plus que son cœur,
fut piquée au vif. D'autre part, cette vanité n'était
pas assez vive pour qu'il admît ce qui était vrai :
que ce " personne " l'exceptait, et qu'en le pro-
nonçant Mahaut confondait François avec elle-
même. Il n'y voyait que dédain, cruauté.

Il se réveilla barbouillé de mélancolie. " Je
ne peux lui en vouloir. Que suis-je pour elle?
Je devrais lui avoir une profonde reconnaissance
de ce qu'elle m'accorde.

" Il n'y a plus personne à Paris ", se répétait-il.
Et son injustice le reprenait : " Tout à l'heure,
je leur annoncerai mon propre départ. " Il imi-
tait ces enfants qui croient se venger, et ne punis-
sent qu'eux-mêmes.

En retrouvant sa tête, il ne changea point de

décision. Il ne s'agissait plus d'obéir à un mes-
quin mouvement d'orgueil, mais la phrase de
Mahaut lui rappelait qu'en effet il leur fallait se
séparer. Il pensa que rien ne l'empêcherait de
retrouver les Orgel à Venise.

On pourra trouver François bien inconséquent. C'est la meilleure preuve qu'il était né pour l'amour.

Dès qu'il se fut accroché à cette idée de Venise, toute tristesse disparut. Le départ ne lui faisait plus peur, il en était même impatient. La pensée d'une séparation était masquée par celle de retrouver Mahaut à Venise. Et vivre loin d'elle pendant un mois ne lui apparaissait plus que comme une de ces formalités qui précèdent les joies du voyage et les font ressentir : prendre un billet ou attendre un passeport.

L'après-midi, seul au jardin avec Mahaut, François, tout à sa nouvelle folie, était déçu qu'elle ne lui parlât plus de ce départ auquel la veille elle avait aspiré si violemment. Ne pensant qu'à Venise, et oubliant le choc qu'il avait ressenti de la phrase de Mahaut, il cherchait à la lui rappeler, comme on cherche à rappeler une promesse. Enfin, il se décida, et

lui demanda quand elle partait pour l'Autriche. Mahaut tressaillit. C'est qu'elle avait oublié
sa résolution. "Mais, balbutia-t-elle, je ne sais
pas au juste. "

Rien ne nous enhardit plus que le trouble des
autres.

— Moi, dit François, je pars dans deux jours,
pour le pays basque. Ma place est retenue depuis
une huitaine.

Il ajoutait ce mensonge par un mécanisme puéril
et pour que Mahaut ne pût supposer qu'il partait
à cause de sa phrase.

— Vous partez seul?

— Mais oui.

Mme d'Orgel, stupéfaite, crut qu'il partait
avec une femme et ne voulait pas la nommer. Elle
se demanda qui ce pouvait bien être. Aussitôt :
" Je ne la connais certainement pas ", se dit-elle
presque avec hauteur. Elle songeait encore :
" C'est drôle, voilà notre meilleur ami. Que sa-
vons-nous de son existence? "

Elle sentait une morsure qu'elle prenait pour
de la curiosité.

On s'étonnera de voir Mme d'Orgel, si fine,
incapable de démêler des fils si gros. Mais à
force de cajoler certaines illusions de son cœur,
elle en avait fait ses esclaves : elles ne l'en servi-
rent que mieux.

Le mensonge devenait le premier mouvement
de Mahaut. Comme elle se sentait triste, elle se
montra gaie. Anne vint les rejoindre au jardin.
Il proposa une partie de campagne. François
eut le brusque désir de renoncer à son départ.
La fausse gaîté de Mahaut donnait à penser qu'elle
avait déjà oublié ce départ, qu'il pouvait peut-
être le mettre sur le compte d'une parole en l'air.
Ce fut ainsi qu'elle l'annonça elle-même à Anne
et qu'ainsi elle empêcha François de rebrousser
chemin.

— Après tout, réfléchit-il, ce départ est pour
le mieux. Sinon j'aurais lâchement attendu le
leur.

Mme de Séryeuse eut le même soupçon que
Mahaut : Il ne va pas seul dans un endroit triste.

François espérait un peu que les Orgel l'ac-
compagneraient à la gare. Mahaut y pensait,
mais n'osait paraître indiscrète. L'amitié du
comte d'Orgel était, elle, exempte de complications, de détours.

— Nous vous conduirons, dit-il.

Mahaut se félicita de voir que François acceptait aussitôt.

— Je le soupçonnais de cachotterie, se dit-
elle; c'était absurde.

Le jour de son départ, François prit congé de sa mère dès le matin. Il avait ainsi une longue journée à passer chez les Orgel. Mahaut et François parlèrent peu. François lui eut de la reconnaissance de ne pas casser, comme elle faisait souvent, par des paroles insignifiantes, un silence qu'il préférait à tout. Mais Anne d'Orgel voyait dans le silence la mélancolie inévitable des départs. Cherchant à égayer un peu, il dérangea.

Les départs nous autorisent à une certaine tendresse. L'homme qui, ailleurs que sur un quai, agiterait son mouchoir ne pourrait être qu'un fou. Mme d'Orgel, sans la moindre honte, tout naturellement, déploya son amitié. François lui répondait, ne pouvait se lasser de penser que ce serait dans un endroit nouveau, à Venise, qu'il reverrait ce visage.

Le train allait partir. Depuis quelques instants, François tenait la main de son amie dans la sienne, sans qu'elle pût songer à la retirer, puisque Anne

était là. Le comte d'Orgel s'apprêtait à dire en
souriant : " Quoi, vous n'embrassez pas votre
cousine? " lorsqu'ils s'embrassèrent. François aurait voulu que ses bras ne se rouvrissent point.
Que ce baiser sur les joues ressemblait peu à
l'autre! Qu'il était peu de commande, et combien
Anne en était exclu! Le comte d'Orgel, d'ailleurs, venait de tourner imperceptiblement la
tête.

Le mari et la femme sortirent de la gare en
silence. " On est tout désemparé, dit Anne, quand
on a dîné si tôt. On ne sait que faire. "

Mahaut eut de la reconnaissance à son mari
de lui donner une explication si simple, si for-
melle, du vague où elle se trouvait.

— Nous coucherons-nous comme les poules?

— Allons où vous voudrez.

Ils allèrent à Médrano.

Mme d'Orgel, au roulement de tambour qui
accompagnait un tour périlleux, se sentit faible.
Elle se défendit pourtant de quitter sa place avant
l'entracte.

— Vous marchez vite, disait Anne dans les
couloirs; j'ai peine à vous suivre.

Mahaut allongeait le pas comme font, dans la

rue, les femmes sur qui des hommes se méprennent en leur chuchotant des choses qu'elles ne sauraient entendre. Elle, c'étaient des souvenirs qui la sollicitaient.

François, seul, ne s'ennuya pas. Il n'avait même pas besoin de peupler sa solitude et son oisiveté de ces mille distractions auxquelles même les paresseux se croient tenus. A peine les premiers rayons du soleil venaient-ils frapper à ses volets, qu'il se disait : " Encore une journée finie. " Le soir n'allait-il pas paraître? Mais cette fuite des jours ne l'emplissait d'aucune tristesse. François de Séryeuse se laissait porter par la sérénité des lieux, comme le nageur qui fait la planche. Tout ne s'attachait-il pas à lui donner des leçons de calme?

Un soir, de son balcon de bois, François vit une forêt de pins brûler. Il descendit comme un fou sur la plage. Le pecheur qu'il interrogea avait l'air si étonné que François eut honte. N'était-ce pas le pêcheur qui voyait juste? François l'imita, et regarda cet incendie comme un coucher de soleil.

François n'avait pas écrit à Mme d'Orgel depuis son arrivée. Il semblait vouloir maintenir le silence du jour de son départ. Mais

son amour le faisait vivre dans un monde où
tant de valeurs étaient à l'envers, qu'il écrivit,
pour ne pas être suspect. Non qu'il crût que les
Orgel accuseraient ce silence d'être inamical,
mais par crainte au contraire qu'il ne révélât
son amour.

Mme d'Orgel lui répondit vite. Elle lui dit
qu'ils étaient à Venise et qu'avant de partir
ils avaient vu Mme de Séryeuse. Ce fut Anne
qui eut l'idée d'inviter la mère de François,
pour lui montrer qu'ils ne la fréquentaient
pas seulement par amitié pour son fils. Cette
délicatesse alla au cœur de Mme de Séryeuse.
Dans ses lettres à François elle lui parlait des
Orgel. Elle l'exhortait à garder leur amitié,
et d'une telle sorte que François se crut deviné
par sa mère. Mais loin de ressentir l'amertume
qu'il n'aurait pas manqué d'en avoir à Paris, il
lui fut reconnaissant. Il parla aussi de Mahaut,
et assez souvent pour que Mme de Séryeuse
devinât les sentiments qu'il lui portait. Elle lui
recommanda encore plus de ne manquer en
aucune circonstance aux devoirs de l'amitié.

De loin, personne n'est reconnaissable, parce
que plus ressemblant. Si la séparation peut créer
des barrières, elle en supprime d'autres.

Ainsi Mme de Séryeuse et son fils, qui, face
à face, restaient chacun chez soi, échangeaient-

ils des lettres fort tendres qui donnaient à chacun
de l'espoir.

A quel mécanisme de l'âme doit-on attribuer
cet écart entre l'écriture et la parole, ou plus
exactement entre l'absence et la présence? Il
semble pourtant que dans la séparation il devrait
être plus facile de se déguiser. C'est juste le contraire. Mme d'Orgel ne soupçonnait certainement
pas le ton de ses lettres. Souvent elles rendaient
François plus heureux que si Mahaut eût été là.
Certes, elles n'allaient pas jusqu'à lui donner le
moindre espoir, mais il y circulait un air de franchise, de confiance, dont François se disait, pour
se l'expliquer, qu'il ne peut régner à Paris. François loin d'elle, Mahaut ne se surveillait plus et
d'autant moins, qu'inconsciemment heureuse de
ce commerce épistolaire qui lui donnait plus de
plaisir qu'une présence, elle croyait devoir ce
bonheur à celui qui était là, au comte d'Orgel.
Aussi Anne n'avait-il jamais eu tant à se louer de
sa femme.

Il l'aimait d'autant mieux qu'il la sentait plaire
à tous les Viennois, appelés par leurs cousins
pour fêter les Orgel de France.

Anne écrivait peu. Parfois dans les lettres de
Mahaut à François, en marge, une ligne. Fran-
çois y voyait la légalisation de la gentillesse de
Mahaut.

Pendant la séparation, tout paraissait à François facile et heureux. Mais il cherchait de l'acquis dans ce qui n'était que provisoire et dû aux circonstances.

Sur ces entrefaites, un incident de villégiature vint confirmer Mahaut dans l'erreur où elle était que tout son cœur appartenait à Anne.

Ils habitaient encore les environs de Vienne. L'Internationale est scellée depuis longtemps, mais pas où l'on croit. C'étaient des cousins aimés, Paris, la France, que l'on recevait. Les maîtres doivent-ils se brouiller pour une querelle entre domestiques? Les Orgel d'Autriche jugeaient ainsi la guerre.

On peut dire que l'on assiste au retour d'âge de l'Europe. A un moment aussi tragique de la vie de ce continent, la frivolité apparaît impardonnable aux yeux d'un Paul Robin. Il se trompe. C'est en ces époques troublées que la légèreté, le dévergondage même se comprennent le mieux.

On jouit avec véhémence de ce qui appartiendra demain à d'autres.

La nature d'Anne s'émerveilla de cette légèreté. Anne était un gibier facile, marqué d'avance. Depuis l'apparition de François, il avait dissimulé un peu sa nature frivole, mais, François absent, il la retrouvait avec d'autant plus de délices qu'à Vienne ce costume était de mode.

Jadis, le comte n'avait pas hésité à faire à sa femme de petites infidélités. Qu'elle n'en sût rien, suffisait au repos de sa conscience. Il n'obéissait pas à des désirs impérieux : de ces petites trahisons, il n'avait pas tiré grand plaisir. C'était par devoir, pourrait-on dire, si ce mot n'était pas trop vif, qu'Anne avait trompé Mahaut. Pour lui, cela faisait partie de son métier élégant. Il n'en avait obtenu d'autres plaisirs que de vanité.

Une Viennoise d'une beauté célèbre se trouvait dans le château des cousins d'Anne d'Orgel. Anne fut loin de lui déplaire. Elle le lui marqua. Cet hommage le flatta. Il l'en aurait bien remerciée, ainsi qu'elle s'y attendait. Mais la vie du château, qui avait facilité les préliminaires, rendait difficile la conclusion. Anne d'Orgel respectait trop sa femme pour commettre une infidélité près d'elle. C'est ainsi qu'une chose qui, à Paris, eût été moins qu'un caprice, juste une jouissance d'amour-propre, préoccupa le comte d'Orgel.

La Viennoise, mécontente, se fit envoyer une dépêche. Une affaire la rappelait d'urgence dans sa propriété du Tyrol. Mme d'Orgel ne la regretta pas. Elle n'avait rien soupçonné de l'intrigue, mais sans doute était-ce la raison d'une antipathie qu'elle jugeait sans motif.

Que l'amour est d'une étude délicate! Mahaut qui croyait n'avoir pas à se rapprocher d'Anne, s'en rapprochait bel et bien : mais ces deux pas en avant ne les faisait-elle pas par mesure, et parce qu'Anne en faisait deux en arrière?

François de Séryeuse, dans la solitude, croyait juger de tout avec noblesse et clairvoyance. En voulant reviser ses amitiés, ses jugements, il se livrait à un jeu dangereux. Mahaut elle-même n'échappa point à cette enquête. François dut s'avouer qu'il l'aimait comme on aime une femme, et non comme un ange ou une sœur. A Paris, sa béatitude venait d'une équivoque. Seul à seul avec la vérité, et loin du respect que donne la présence, il se désespéra. Il se promenait sur la plage : — " Si j'aime Mahaut tout court, je désire tromper Anne. " L'attitude de Mahaut lui apparaissait comme la seule sauvegarde de son amitié pour Anne. Il profita de ce qui le désespérait pour ne pas se considérer comme un mauvais ami. Il se répéta qu'il aimait Anne en marge de son amour pour Mahaut, que même sans Mahaut il eût été attiré vers Anne. " Il m'enchante et m'amuse. Il représente, avec ses qualités et ses

travers, une longue race dont la descendance
de jour en jour se rapproche des autres hommes.
Mais n'est-ce pas le charme qu'il exerce sur moi
qui m'a rendu injuste envers Paul Robin? N'aurais-je pas un ridicule parti pris de noblesse?
Ne serait-ce pas un ensorcellement, de par l'objet
de mon amour, qui me fait déprécier ce qui n'a pas
de naissance? Et, là encore, quelle idée absurde!
Comment un homme pourrait-il être sans naissance? Celle de Paul n'est pas la même que celle
d'Anne, voilà tout. "

François croyait que la solitude le nettoyait.
Jugeant avec moins de passion, il se croyait
plus juste. A propos de Paul, par exemple, il
sentait les concessions que l'on doit faire à la
société et que l'on ne peut beaucoup exiger d'elle.
Il se reprochait d'en avoir voulu à Paul de sa
méfiance lorsqu'il lui avait raconté l'épisode de
Joséphine.

François entretenait une correspondance avec
Paul, retenu aux Affaires Étrangères. A dire vrai,
ce ne furent pas ses scrupules qui le poussèrent
à lui écrire. Il voulait un passeport pour l'Italie.
Paul, de son côté, avait presque du remords
envers François. Il semblait regretter que les
liens de leur amitié se fussent un peu défaits.
N'en était-il pas responsable? N'avait-il pas jugé

d'une manière offensante et rapide l'amitié de
François pour les Orgel? Il allait prendre ses
vacances et proposa de venir passer une semaine
ou deux auprès de Séryeuse.

Dès l'arrivée de son ami, François vit bien qu'il avait perdu cette insouciance, dont il jouait d'habitude. Il en apprit la cause avec surprise. Paul, depuis le soir de Robinson, était l'amant d'Hester Wayne. Ç'avait été par paresse, vanité, qu'il avait laissé aller cette aventure à laquelle son cœur ne prenait aucune part. Pour Hester, qu'il n'aimait pas, Paul avait abîmé un amour. Il n'avouait pas encore le reste, que cet amour ne le flattait pas, se trouvant hors du " monde ", et qu'il avait vu dans sa liaison avec Hester Wayne quelque chose de flatteur.

Mais Hester Wayne, ayant pris son aventure au sérieux, la cacha. Cela ne faisait point l'affaire de Paul. De plus, rendue jalouse par l'amour, et sentant bien chez Paul une gêne, elle ne tarda pas à deviner sa véritable liaison. Elle put apprendre le nom de sa maîtresse. C'était une petite bourgeoise qui, par amour pour Paul, avait rompu avec son mari. Hester se croyait aimée. Paul

s'ennuyait dans sa compagnie. Elle crut que
l'ennui qu'il montrait venait de cette autre liaison, et qu'il ne savait comment la rompre. Sans
rien lui dire, elle se chargea de l'ouvrage.

La maîtresse de Paul n'avait jamais soupçonné
qu'il la trompât. Il lui devint un objet d'horreur.
Elle rompit tragiquement. Paul, atterré par ce
travail d'Hester Wayne, lui dit qu'il la haïssait,
qu'il ne l'avait jamais aimée, et ne voulut plus la
revoir.

Il avait fait deux malheureuses et souffrait.
Il se sentait, seul, dépouillé, ne pensant plus
qu'à reconquérir celle qu'il aimait. Il parlait
avec dégoût de lui-même, préparait un programme de pureté. Ce fut dans cette détresse
morale, qui pousse les plus fermés à s'ouvrir,
que Paul avait couru à François.


Gagné par les confidences de Paul, François
se confia à son tour. Il lui dit qu'il aimait
Mme d'Orgel, d'un amour sans espoir, et que son
amitié pour Anne le poussait même à ne point
souhaiter qu'il en fût autrement. Les deux amis
s'approuvaient, et il était curieux de voir nos
complices, qui si souvent avaient cherché à
s'éblouir par le récit de méfaits imaginaires, se
piquer d'émulation dans des sentiments qu'ils
tenaient jadis pour risibles : la fidélité, le respect

de soi-même et d'autrui, ce mélange qui n'est insipide que pour ceux qui n'ont pas de goût, le devoir.

Chez le nouveau Paul, cependant, François, à chaque pas, retrouvait l'ancien, le vrai.

Paul avait apporté à François son passe-port pour Venise. Quand il apprit que Séryeuse devait y retrouver les Orgel, il ne laissa son ami en paix jusqu'à ce qu'il lui proposât de venir. François s'amusait de la dissimulation : après lui avoir confié ses chagrins les plus secrets, Paul cherchait maintenant à masquer cet aveu. On eût dit que Venise était la propriété des Orgel et de François.

Mahaut continuait d'écrire à François. Elle ne lui parlait guère de l'Italie.

Par une de ces inspirations communes, qui peuvent figurer l'entente, Anne ni Mahaut ne semblaient plus tenir à Venise. Chacun attendait que l'autre s'en ouvrît. Ce fut d'un accord tacite et presque sans souffler mot, qu'ils changèrent de route. N'y avait-il déjà plus que les kilomètres qui pussent séparer Mahaut de François? Elle se disait qu'elle préférait vivre un peu seule avec Anne; qu'à Venise on retrouve Paris. De son côté, Anne d'Orgel, enthousiasmé par l'Autriche, ne pensait qu'à revenir par l'Allemagne. Ces pays, à cause précisément de leur détresse financière, apparaissaient à son incroyable légèreté comme des pays de cocagne. C'était avec l'excitation d'un enfant qu'il portait dans un sac les liasses de papier-monnaie nécessaires aux menus achats.

Ils étaient déjà en Allemagne quand Mme d'Orgel écrivit à François que les circonstances les empêchaient de se rendre en Italie. François avait eu le temps d'envisager cette hypothèse. Son chagrin fut moins vif que le plaisir qu'il s'était promis du voyage, qu'il en avait même tiré avant la lettre.

La carte de Mahaut était si embarrassée, si bonne, elle cherchait tant à excuser leur faux bond, qu'elle paya presque François de son chagrin. "Après tout, se dit-il, ils reviennent plus vite à Paris. Que cherché-je? Être près d'elle, et seul. Tout le monde est à Venise. Je serai donc, à Paris, plus heureux que là-bas."

Sa nature penchait si fort vers le bonheur que, dans un contretemps, il trouvait une source de joie.

Paul partit seul pour Venise. La première personne qu'il y rencontra, ce fut Hester Wayne. Il se réconcilia avec elle.

Les Orgel ne devaient pas revenir si vite que le croyait François. Savoir qu'il resterait deux mois sans Mahaut, il ne l'eût pas supporté en quittant Paris. Mais l'espérance le mena sans peine jusqu'aux derniers jours de septembre. Mahaut lui écrivit d'Allemagne qu'ils rentraient chez eux. François fit ses malles.

Jamais son plaisir de revoir sa mère n'avait été plus réel. Mme de Séryeuse se détacha, surprise de son étreinte.

« Tu n'as pas bonne mine », dit-elle.

Ces mots reformèrent la glace autour d'eux. Il en fut désespéré. Il pensait à Mahaut.

En ira-t-il de même? se demanda-t-il.

Les Orgel étaient revenus depuis deux jours. François qui, pendant le voyage, ne pouvait tenir en place à l'idée qu'il reverrait Mahaut, avait maintenant peur.

— Tu t'échappes déjà, lui dit sa mère, après le déjeuner.

— Les Orgel sont à Paris, dit-il avec une gravité extraordinaire, et comme s'il devait apparaître à sa mère aussi naturel qu'à lui qu'il se précipitât chez eux.

— Comme tu es pressé, dit-elle. Et elle ajouta : « Que d'amour! »

Elle se tut, s'arrêta net. Au regard de son fils

elle venait de comprendre que ce lieu commun, ces mots prononcés à la légère, répondaient à une vérité.

" Voilà ce qui arrive, pensait François amèrement. Je me suis laissé aller dans mes lettres. On ne devrait jamais rien dire. "

Ainsi, de part et d'autre, le froid reprit.

François courait le risque, en ne prévenant pas, de ne trouver personne à l'hôtel d'Orgel; mais si Mahaut était absente, il préférait le savoir le plus tard possible; car s'il avait supporté de passer deux mois loin d'elle, maintenant qu'il la sentait proche, il n'eût pu soutenir, sans défaillance, l'idée qu'il ne la verrait peut-être pas le jour même.

Du dehors, l'hôtel d'Orgel lui sembla triste. Il avait l'air mal sorti de son sommeil d'été.

Mahaut était seule. Au nom de Séryeuse elle se leva, fit quelques pas vers lui, comme en peut faire quelqu'un frappé par une balle. François lui baisa la main, comme s'il l'avait vue la veille. " Je pouvais l'embrasser ", pensa-t-il. C'est sous cette forme qu'il se traduisit : " Anne n'est pas là. " En effet, ce fut son absence qui le dérangea. Anne d'Orgel présent, il eût embrassé Mahaut.

Anne était à une partie de chasse et ne devait revenir que le lendemain. Elle ne l'avait pas suivi, fatiguée du voyage.

François regardait à peine Mahaut. Il inspectait le salon. Il cherchait une cause matérielle à son malaise. Il s'était fait une telle fête de cette minute! Avait-il changé? Aimait-il encore? Il ne retrouvait plus la chaleur de cette pièce.

— C'est dommage qu'il pleuve, et que nous ne puissions être dans le jardin, pensa-t-il à haute voix.

— Oui. C'est dommage, dit Mahaut, avec un sourire contraint.

Tous deux enfermés seuls, ce qui ne leur était jamais arrivé, ils ne savaient quoi se dire. Il semblait à chacun qu'il fallait jouer un rôle et qu'ils avaient négligé de l'apprendre. L'insouciance ne s'improvise pas. A ce moment, Séryeuse comprit ce que son amour avait d'impossible.

Mahaut et lui, face à face, loin d'être à l'aise, pensaient au comte d'Orgel. L'absence les gênait de celui dont la présence gêne d'habitude les amants.

La nuit tombait. Eux-mêmes étaient déjà si obscurcis qu'ils n'y prirent pas garde. Un domestique entra. Il portait le goûter. Alors Mme d'Orgel se réveilla, s'aperçut qu'il faisait noir.

Sur un ton de reproche et comme si ce domestique eût été responsable de la nuit, elle ordonna d'allumer.

D'une table basse François retira un album. "Regardez-le, dit Mahaut, cela vous distraira." Ce mot était humble. Elle se sentait impuissante à distraire.

L'album contenait les photographies de l'été, point encore mises en ordre. La plupart des visages étaient inconnus de François. "Qui est cette personne? Elle est bien belle", demanda-t-il en voyant la Viennoise. "Mais qu'a-t-elle donc pour que lui aussi la trouve belle?" pensa Mahaut.

Elle sentit de la jalousie. Elle crut que c'était parce que ce portrait lui réveillait des souvenirs désagréables (car son système de mensonges inconscients venait de lui révéler soudain les raisons de son antipathie, et de lui dévoiler le manège de cette femme auprès d'Anne). Elle se calma aussitôt, ce qui n'aurait point dû être.

L'album délivra François d'une moitié de son malaise. N'était-ce pas qu'Anne s'y trouvait partout au premier plan?

François revit les Orgel comme avant les vacances. Il eut certes plus de détente à revoir Anne que Mahaut. Le comte avait rapporté des fume-cigarette, des porte-mines d'Autriche et d'Allemagne. " Grâce au change, je les ai payés un sou! " Cette façon de faire valoir ses cadeaux eût assez étonné Paul.

François retomba dans une fausse quiétude. Mais s'il continuait à se laisser vivre à la merci de la minute présente, Mme d'Orgel fut, elle, bien vite décidée.

Oui, elle était décidée, mais à quoi? C'est ce qu'elle ne se précisait encore.

Qu'était-ce donc qui avait pu la changer ainsi brusquement?

Les mots ont une grande puissance. Mme d'Orgel s'était crue libre d'attribuer à sa prédilection pour François le sens qu'elle voulait. Ainsi avait-elle moins combattu un sentiment que la crainte de lui donner son véritable nom.

Ayant jusqu'ici mené de front le devoir et l'amour, elle avait pu imaginer, dans sa pureté, que les sentiments interdits sont sans douceur. Elle avait donc mal interprété le sien envers François, car il lui était doux. Aujourd'hui ce sentiment, couvé, nourri, grandi dans l'ombre, venait de se faire reconnaître.

Mahaut dut s'avouer qu'elle aimait François.

Dès qu'elle se fut prononcé le mot terrible, tout lui sembla clair. L'équivoque des derniers mois se dissipa. Mais après trop de clair-obscur, ce grand jour l'aveuglait. Bien entendu, elle ne pensait pas à regagner ses brumes; elle eût voulu agir sur l'heure, mais ne savait comment et à qui demander conseil. Tour à tour, cette abandonnée regardait Anne et François.

Pendant cette période atroce, Anne entretint François d'un bal costumé qu'il projetait et dont il avait déjà parlé à sa femme.

— Il me semble que ce n'est guère le moment, balbutia Mahaut.

— Vous êtes modeste, reprit-il. Sans doute, on ne donne pas de fête en octobre, mais si nous en donnons une, on en donnera. C'est ce bal qui ouvrira la saison.

Mme d'Orgel vivait dans une torture constante. Elle se sentait trop loin de son mari pour en espérer du secours. Elle eût trouvé bien plus naturel de s'adresser à François. Sa pudeur ne s'y pouvait résoudre. Comment lui dire ce qu'elle attendait de lui, sans avouer ce qu'il ne devait jamais savoir?

Sa personne tout entière reflétait le cruel combat dont elle était le théâtre. Elle n'avait plus sa bonne mine, et François, lui, était loin de se douter qu'il causait cette pâleur. Son amour grandissait encore. " Elle n'a pas l'air heureuse, pensait-il, pourquoi donc? Elle aime Anne. Sans doute il ne l'aime pas comme elle le voudrait. " Et, de son amour et de son amitié combinés, résultait un état si étrange, qu'il résolut d'user de toute son influence sur Anne pour le pousser à aimer mieux. Car il sentait encore que si Anne rendait Mahaut malheureuse, il ne pourrait avoir d'amitié pour lui.

Un soir que Mme d'Orgel semblait encore
plus mal que d'habitude, François, bouleversé,
s'ouvrit de ses craintes au comte d'Orgel, après
qu'elle se fut retirée dans sa chambre.

— Mahaut n'a pas l'air bien portante.

— Ah! n'est-ce pas? fit aussitôt Anne, soulagé.
Vous en avez aussi fait la remarque. Elle me
navre. Je ne sais quoi faire. Elle affirme qu'elle n'a
rien. Je ne sais plus comment m'y prendre. On
croirait que ma présence l'énerve. D'autre part,
comme je suis inquiet, je n'ose la laisser seule.

François se trouva en face d'un homme si
différent de celui auquel il s'attendait, qu'il s'en
voulut d'avoir soupçonné Anne d'aimer mal sa
femme.

— Aussi, continua le comte d'Orgel, Mahaut
est terriblement jeune; elle aurait besoin de plus
d'activité. La saison est morne. Sans doute, à la
rentrée, sera-t-elle moins triste. Mais c'est qu'elle
ne me facilite pas la besogne. Pour la distraire
j'ai eu l'idée de ce bal, vous voyez comment elle
l'accueille. Je veux la mener chez un médecin
qu'on me recommande, et qui soigne ce qui n'a
pas de nom : elle refuse.

" Je ne sais pas quoi faire ", reprit Anne
d'Orgel, tandis que François de son côté se lamen-
tait de tant d'impuissance.

Le soir même, comme Mahaut répondait aux
questions inquiètes du comte :

" Mais non, je n'ai rien, je vous assure ",
Anne s'écria : " Je ne suis pas seul à remarquer
votre transformation. François en a été frappé
sans que je lui en parle. "

Mme d'Orgel se vit perdue. Elle n'avait que
trop tardé. Le danger ne lui était jamais apparu
si proche. Elle se décida. Le lendemain matin,
elle écrivit à Mme de Séryeuse.

Ce qui est trop simple à dire, on n'arrive pas
à l'énoncer clairement. Elle lui demandait de la
sauver. Elle s'aperçut tout à coup qu'elle n'avait
pas avoué son amour. Elle déchira sa lettre, se
remit à la tâche, composant un aveu, aussi appliqué, aussi embarrassé que possible.

Mme de Séryeuse, qui n'avait jamais passé par
de pareilles transes, trouva la lettre confuse.
L'honnêteté, la vertu peuvent mettre dans un
état d'incompréhension féroce. La mère de François, assez heureuse pour n'avoir aimé que son
époux, ne croyait à la solidité des sentiments que
conjugaux. Il fallait être un monstre pour avoir
un autre que son mari dans le cœur. Mais que signifiait cela? Une femme qui avouait son crime, pour
ne pas se perdre. Mme de Séryeuse put enfin
comprendre que la vie n'est pas si simple, que la

vertu n'a pas un seul visage. Elle relisait la lettre, en croyait mal ses yeux, bien qu'elle se répétât : " Je l'avais prévu. "

Mme de Séryeuse fit appeler la négresse Marie, porteuse de la lettre. Elle attendait dans l'anti-chambre : " Savez-vous si Mme la comtesse sera chez elle à la fin de l'après-midi ? " Sur une réponse affirmative, " Ma visite est donc attendue, pensa Mme de Séryeuse. C'est plus grave que je ne croyais. " Plus grave signifiait pour elle que François était coupable. Car elle allait voir Mme d'Orgel non par pitié, mais en mère qui, au reçu d'une lettre du proviseur, souvent insi-gnifiante, accourt au collège, persuadée que son fils a mal agi.

Mme d'Orgel, depuis la lettre, se sentait moins lourde. L'application qu'elle y avait mise lui avait un peu masqué le tragique des circonstances. Ce serait fou de dire qu'elle était calme, mais elle avait du contentement d'avoir agi. Elle ne se sentait plus dans l'état maladif des jours précé-dents. Peut-être ce soulagement venait-il plus de l'aveu de son amour que du reste. Enfin, quelqu'un partageait ce lourd secret! Ce n'était pas sa honte qui se trouvait satisfaite, mais son amour. Sans doute, ne se sentait-elle pas atterrée de sa décision, parce que ce n'était pas encore une décision véri-table.

Dans le train, Mme de Séryeuse relisait :

"Madame,

"La hâte avec laquelle je vous fais remettre cette lettre vous prépare déjà à ce que je viens vous dire. Pourtant, combien vous êtes loin de la vérité, comme il y a peu de jours, moi-même je l'étais! Quand vous saurez le danger que je cours, peut-être me jugerez-vous imprudente de vous demander de l'aide.

"Au début de l'amitié de mon mari pour votre fils, je ne tardai pas à m'apercevoir de la préférence que je lui accordais sur tous nos amis; je ne m'alarmai pas bien sérieusement et ne crus m'en apercevoir que par excès de scrupules. Déjà, sans le savoir, j'agissais mal. L'incident de Champigny aida encore ma conscience à se mettre en repos, et je m'accrochai démesurément à l'idée que François était plus qu'un ami, un cousin, et que mes sentiments, alors, n'avaient rien que de légitime.

"J'étais aveugle; je ne le suis plus. Il me faut donner à mes sentiments pour votre fils le nom que, à ma honte, ils exigent. Mais une mère s'alarme vite. Aussi faut-il que je m'empresse de vous dire que votre fils est innocent, qu'il n'a rien tenté

contre mon repos. C'est toute seule que je suis
venue à des sentiments interdits, dont il ne sait
rien. D'ailleurs, si je n'étais pas la seule coupable,
vous comprenez bien, madame, que ce n'est pas à
vous que j'aurais le front de demander du secours.
Mais vous seule pouvez obtenir de lui ce que je ne
puis, moi, demander : S'il a de l'amitié pour mon
mari, pour nous — ne plus nous voir; car je ne
puis plus me sauver, qu'en me sauvant de sa
présence. Vous trouverez ce qui est le plus propre à le convaincre. Ce sera peut-être lui dire
tout. Je n'en ai pas peur, je sais qu'il ne tirera
aucune vanité de ma détresse. Heureusement il
n'en coûtera à son cœur que la peine, légère à
côté d'autres dont je fais la connaissance, que
l'on éprouve à s'éloigner d'amis véritables. Je
n'ai pas su rester cela. Mon cœur a trahi cette
amitié. Il faut donc que François ne me voie plus.

  " Ne dites pas que je n'ai pas le droit d'agir
ainsi, de vouloir le séparer de mon mari, et que
je manque au premier de mes devoirs en n'avouant
pas tout d'abord à M. d'Orgel. Plusieurs fois, ces
derniers jours, j'ai tenté de l'avertir. Mais il
semblait si loin de la vérité que je n'eus pas ce
courage. Il ne veut pas m'entendre. N'allez pas
croire que je l'accuse; au contraire, je veux me
charger davantage. Si mon mari est coupable,
c'est d'avoir trop de confiance en moi.

"Hélas! je ne puis compter sur rien. La religion ne peut plus me secourir. J'ai assez aimé mon mari pour le suivre dans son incroyance. Ma mère pouvait-elle supposer que je lui ressemblasse si mal? Comment m'eût-elle mise en garde contre des dangers qui, pour elle, ne pouvaient être qu'imaginaires? Je n'avais jamais cru ne pas suffire seule à défendre mon honneur. Si je me plains, c'est de la confiance qu'on m'a accordée, dont je vois aujourd'hui que j'étais indigne.

"Persuadez François, madame, je vous en supplie! Vous et votre fils, êtes les deux personnes dont j'attends tout... "

— Elle me cache la vérité, pensait Mme de Séryeuse. Une lettre pareille ne vient pas toute seule. Elle me ménage.

Ce fut dans sa chambre que Mahaut reçut Mme de Séryeuse. Elle avait fait dire qu'elle n'était là pour personne, sauf pour elle. Les deux femmes parlèrent d'abord de choses indifférentes.

Mme d'Orgel ne savait comment aborder un tel sujet. Devant ce silence, Mme de Séryeuse se dit : " Il faut que ce soit plus grave encore que j'imagine. " Et, persuadée de ses torts, elle commença, timide, comme si c'était elle qui eût été en faute :

— Je n'ose vous apporter mes excuses au sujet de mon fils...

— Oh! madame! Quelle bonté! s'écria Mahaut. Et, mue par son cœur, elle prit les mains de la mère.

Sur ce terrain glissant, comme des patineuses novices, ces deux femmes pures rivalisèrent de maladresse.

" Non, non, disait Mahaut, je vous affirme que François est étranger à ce drame. "

Mme de Séryeuse, convaincue que c'étaient
là les derniers scrupules de Mahaut, s'écria qu'elle
savait à quoi s'en tenir sur les sentiments de
François.

— Que vous a-t-il dit? demanda Mme d'Orgel.

— Mais je le sais, enfin! répliqua Mme de
Séryeuse.

— Mais quoi?

— Qu'il vous aime.

Mme d'Orgel poussa un cri. Mme de Séryeuse
eut vraiment le spectacle d'une détresse humaine.
Tout le courage de Mahaut venait-il d'une espèce
de certitude que François ne l'aimait pas? Une
joie folle éclaira une seconde son visage, avant
que Mme de Séryeuse pût voir cet être déra-
ciné, secoué par la douleur. François arrivant
en cet instant, elle était à lui. Rien n'aurait pu
l'empêcher de tomber dans ses bras, pas même
la présence de sa mère.


Mme de Séryeuse comprit tout. Effrayée, elle
chercha vite à se reprendre.

— Je vous en conjure, s'écria Mahaut, ne
m'arrachez pas ma seule joie, ce qui me fera
supporter mon devoir. Je ne savais pas qu'il
m'aimât. Heureusement mon sort ne m'appar-
tient plus. Je vous demande donc encore davan-

tage de me cacher François. S'il m'aime, inventez ce que vous voudrez, mais ne lui dites pas ce qui est vrai; nous serions perdus. "

A parler de son amour, et à la mère de celui qu'elle aimait, Mme d'Orgel se complaisait presque. Après ses premiers transports :

— Il doit venir, ce soir, à notre dîner, dit-elle d'une voix plus assurée. Comment l'en empêcher? Je ne pourrai le revoir sans m'évanouir.

Au fond, Mme de Séryeuse préférait agir sans retard. Encore sous l'influence de cette scène, elle convaincrait mieux François. Elle le trouverait sans doute à sept heures chez les Forbach.

— Il ne viendra pas, dit-elle. Je vous le promets.

Ce qui, dans cette scène, n'eût pas le moins stupéfait Séryeuse, eût été l'attitude de sa mère, qu'il croyait froide. Le spectacle de cette passion réveillait chez elle la femme endormie. Elle avait les larmes aux yeux. Elle embrassa Mahaut. Toutes deux sentirent leurs joues brûlantes et mouillées. Quelque chose de presque théâtral grisait Mme de Séryeuse. — C'est une sainte, se disait-elle, en face du calme que donnait à Mahaut la certitude d'être aimée.

Mme de Séryeuse s'était précipitée chez les Forbach, comme quelqu'un qui court jusqu'au moment où il se cogne contre un mur. Car devant leur stupéfaction, puis devant celle de François, elle fut dégrisée. L'inconséquence de sa conduite lui apparut enfin. " Qu'ai-je à me mêler des affaires de mon fils? se demandait-elle. Pourquoi courir comme une folle? "

Plus que quiconque elle devait détester de s'être laissé prendre à sortir de soi.

— Mais, qu'y a-t-il, maman? interrogea François quand elle entra dans la chambre où il s'habillait.

Devant son fils Mme de Séryeuse retrouva toute sa froideur et, partant, un nouvel ordre de maladresses.

— Je te remercie. Tu me mets dans des situations agréables!

Et cette femme, en qui on ne pouvait reconnaître celle qui une heure auparavant pleurait avec Mahaut d'Orgel, tira la lettre de son sac, la tendit à François, avec un visage de glace. Plus rien ne lui semblait respectable d'une aventure trouble où elle se reprochait d'avoir accepté un rôle. Ses promesses à Mahaut lui apparurent sans valeur.

François lisait cette lettre, ne voyait plus ce qu'il lisait. Il tenait dans sa main cette preuve incroyable de son bonheur. Il ne pouvait douter que ce fût l'écriture de Mme d'Orgel.

Mme de Séryeuse continuait ses reproches. La révélation de son bonheur rendait François imperméable. Les paroles de sa mère glissaient sur lui sans l'atteindre, sans même qu'il les entendît.

Mme de Séryeuse en voulait à Mahaut de n'avoir pas arrêté son élan, se retournait contre elle, en venant à la soupçonner de mensonge. Dans son injustice, elle l'accusa même de s'être servie d'elle pour faire savoir à François qu'il était aimé. François n'était pas loin de ce point de vue, dans son ivresse. Le bonheur lui masquant tout, il ne vit pas une seconde dans quel dessein Mme d'Orgel avait écrit cette lettre. Il s'extasiait presque sur l'ingéniosité que donne l'amour.

Après avoir lu et relu cette lettre, François

la rangea le plus naturellement du monde dans son portefeuille.

— Et tu l'as vue? dit François. Qu'avez-vous dit?

— Je dois avouer, termina Mme de Séryeuse, que je n'ai pas la grandeur d'âme de cette personne. A l'entendre, tu es innocent, elle est la seule coupable. Moi, je considère que tu l'es au moins autant qu'elle. Tu comprends bien que tu n'as pas l'embarras du choix. Vous ne devez plus vous revoir. A toi de trouver un prétexte convenable envers M. d'Orgel, car je n'ai, moi, guère l'habitude de ces sortes d'histoires.

" Ah! soupirait Mme de Séryeuse, avec cette prodigieuse injustice des mères, pourquoi fallait-il te brouiller avec tes seuls amis bien! "

Comme il continuait de s'habiller, Mme de Séryeuse demanda timidement :

— Mais tu comptes dîner chez les Orgel?

— Mon absence à ce dîner serait incompréhensible aux yeux d'Anne d'Orgel. J'irai.

Mme de Séryeuse se taisait. Elle baissait la tête devant son fils. Elle n'avait jamais vu en lui qu'un enfant. Elle se trouvait en face d'un homme.

Il était tard pour rentrer à Champigny. Elle resta dîner chez les Forbach. Avec eux, l'inattention était permise. Pourtant celle de Mme de

Séryeuse était si voyante qu'elle n'échappa ni à l'aveugle, ni au faible d'esprit. Elle n'était pas rassurée sur sa besogne auprès de Mme d'Orgel et auprès de son fils. Et surtout elle s'en voulait de cette flamme de jeunesse, vite éteinte, que le malheur de Mahaut avait fait jaillir en elle. Enfin elle se condamnait parce que M. de Séryeuse n'eût point accepté un tel rôle, et, à plus forte raison, qu'elle le jouât.

Pendant que sa femme, dans l'état qu'on devine, s'habillait, Anne, toujours prêt le premier, recevait une visite assez singulière : celle du prince Naroumof, que tout le monde croyait mort. Les journaux, prodigues de sang, avaient annoncé l'assassinat de ce prince, un des familiers du tsar Nicolas.

Le prince Naroumof débarquait à Paris comme si c'eût été la première fois. Il n'y connaissait plus personne. Il venait chez Anne parce que la semaine précédente, à Vienne, on lui avait parlé du séjour des Orgel. Les amis chez qui Naroumof habitait en Autriche étaient devenus presque aussi pauvres que lui. C'est d'eux qu'il tenait ce costume de chasse et ce chapeau, un peu risibles, avec lesquels il se présenta devant Anne.

En proie à une véritable surprise, le comte d'Orgel se taisait. Car il n'était habile à exprimer que ce qu'il n'éprouvait pas. Cette surprise passée, il sut la feindre. Au récit des malheurs de

Naroumof, il lui proposa spontanément de le loger chez eux. Mais la bonté et la légèreté du comte d'Orgel se combinaient si bien qu'on ne pouvait les désunir; une chose le tracassait : le prince n'allait-il pas déranger l'ordonnance d'une soirée consacrée à la mise au point du bal? Certes on ne pouvait rêver de plus grande " attraction " que ce prince arrivant en droite ligne d'un pays de mystère. Mais c'était son économie de maître de maison qui poussait Anne d'Orgel à déplorer que Naroumof débarquât sans crier gare. Dès ce moment, il décida de ne pas trop le mettre en vedette et de le réserver pour un dîner politique. Pour un peu il l'eût fait attendre dans les coulisses et tenir compagnie à sa sœur, qui devait dîner seule.

La comtesse d'Orgel parut. Elle craignit de ne pouvoir tenir son rang, tant elle était faible. Le prince et elle se sentirent aussitôt attirés l'un vers l'autre. L'air un peu égaré qu'avait Mahaut ce soir-là ne dépaysait pas Naroumof. Elle l'intimidait moins que ne l'eût fait un article de Paris. De son côté Mme d'Orgel se sentait compatissante, car elle avait mal.

Anne ordonna d'ajouter un couvert. Mahaut pensa que cet ordre était inutile. Elle comptait sur un coup de téléphone de François s'excusant de ne pouvoir venir.

Les premiers invités arrivaient. Anne d'Orgel jugeait bon d'expliquer à chacun, dès l'entrée, la présence de ce touriste. Il racontait l'histoire du prince Naroumof et brodait tellement autour de la vérité que dès la deuxième version le héros dut démentir son barde.

" C'est inexact. Je n'arrive pas en droite ligne de Moscou dans ce costume. Je ne l'ai que depuis trois jours. "

Le premier arrivé avait été Paul Robin. Anne s'était contenté de le présenter à Naroumof. Là, le comte d'Orgel agissait avec Paul comme ces gardiens de châteaux qui évitent de guider un seul visiteur et qui pour se mettre en marche attendent qu'il en arrive d'autres. Il le laissa sans pitié en face du mystère, qui dura peu : Mirza et sa nièce l'en vinrent tirer. Eux valaient que l'on fît jouer les grandes eaux.

Naroumof, à demi content du premier préambule d'Anne d'Orgel, détourna la conversation. Il dit à Mirza qu'il l'avait fort regretté en Perse quand, au début de la guerre, il était allé rendre visite au Shah. Mirza s'excusa d'avoir été absent.

Paul Robin assistait émerveillé à leur tournoi de politesse. Naroumof ne consentit point à ne pas avoir le dernier mot. Il remercia Mirza de l'avoir laissé passer sur ses terres. Mirza fut d'autant plus étonné que les terres dont parlait

Naroumof étant une province de la Perse, il
eût éprouvé quelque difficulté a en défendre
l'accès. Naroumof oubliait l'épouvantable scène
qu'il avait faite, en apprenant que Mirza n'était
pas au seuil de sa province pour le recevoir.

Le malheur avait changé le prince Naroumof.
Il était devenu bon. Il avait perdu de son orgueil.

François était toujours des premiers à arriver.
Personne ne manquait plus que la princesse
d'Austerlitz et lui. Mme d'Orgel était sûre, maintenant, qu'il ne viendrait pas. Une angoisse lui
apprit qu'elle avait cru jusqu'à la dernière minute
qu'il viendrait. Elle trouva certes naturel qu'il se
fût incliné devant son ordre, mais souffrait qu'il
ne l'enfreignît point.

François, lisant et relisant la lettre, avait traîné
en chemin. Au moment où il sonnait à la porte de
l'hôtel d'Orgel, Hortense d'Austerlitz descendait
de voiture. Il l'attendit :

— Vous me rassurez, dit-elle. Je me croyais
en retard.

Mahaut ne vit François que lorsqu'il fut à
deux pas d'elle. Elle recula, et jugea aussitôt à
son aisance que Mme de Séryeuse ne l'avait point
encore vu.

Elle déclencha aussitôt un de ces mécanismes,
communs aux femmes qui aiment et ne veulent

pas aimer et qui pourtant contredisent leur vertu.
N'avait-elle pas tout tenté afin que François se
décommandât? Elle n'avait pas à se reprocher sa
présence : elle souhaita donc jouir de ce délai, de
cette soirée unique.

Dès le début du dîner, Naroumof s'efforça
d'être jovial. Pourtant sa présence glaçait. Nul
sourire n'efface ce qu'imprime la souffrance sur
un visage. Ce ne sont pas des rides; le regard est
pareil. Un homme qui a souffert n'a pas forcément vieilli. La transformation est plus profonde.

Au milieu des habits, des robes, Naroumof
était seul. Il attribua sa solitude à son costume.
Il n'avait plus cette belle confiance qui jadis
l'aurait assuré que cela gênait les convives de
n'être pas vêtus comme lui. L'éclat de la lumière,
des voix le troublait. Il entendait mal ses voisines,
se faisait répéter leurs paroles.

Cette conversation chatoyante le refoulait,
ne voulait pas de lui. Il n'en pouvait suivre le
fil, il la trouvait décousue. Sa rapidité le décon-
certait, comme le jeu du furet quelqu'un malhabile de ses doigts.

Mme d'Orgel comprit le trouble de Naroumof. Elle-même ne se sentait guère assise. Ils
finirent par s'isoler. Naroumof lui raconta la
Russie. Mme d'Orgel défaillait. La Russie n'était

pas la cause de son trouble, mais un prétexte
pour ne pas avoir à le cacher. Naroumof, la
voyant ainsi, pensa : " C'est une personne de
cœur. "

Mahaut s'était proposé du bonheur à voir
François. Sa vue ne lui causait que du mal. Elle
l'évitait comme une torture inutile. Pourtant,
elle n'était pas assez maîtresse d'elle-même pour
ne pas tourner les regards vers lui, de temps à
autre, et c'était afin de le surveiller.

Il avait comme voisine la jeune Persane. Sa
joie le rendait aimable. Le hasard ou plutôt les
convenances agissaient avec à-propos en plaçant
le prince russe à côté de Mme d'Orgel, François à côté de la petite veuve. De même que
Mahaut n'eût pu que souffrir d'un voisin futile,
François ne pouvait trouver mieux que cette
princesse qui avait l'âge du rire et qui avait déjà
pleuré beaucoup. Ce rire trouait le cœur de
Mme d'Orgel : " Cette enfant est ravissante ",
pensa-t-elle, en regardant François.

Bien que le supposant encore dans l'ignorance,
elle ne lui en voulait pas moins de sa gaieté : s'il
l'aimait, était-il possible que son cœur n'eût pas
été averti de la gravité de cet instant? Elle en
vint à douter de ce que lui avait dit Mme de Séryeuse. Mais aussitôt mille détails, qu'elle repous-
sait jadis, et auxquels son esprit n'opposait plus

de résistance, lui prouvèrent que son amour était partagé. Cependant, induite en erreur par l'exemple d'Anne, et attribuant à l'amour un air d'urbanité, elle reprochait à François son manque de pressentiment, alors que c'était elle qui en manquait, la gaieté de François venant de la révélation du cœur de Mahaut.

Mme d'Orgel apprenait la jalousie. Est-ce bien un sentiment légitime, le jour même où une femme décide de sacrifier son amour à l'honneur?

— Comme vous devez les détester, ces bolchevistes! dit Hester Wayne au prince Naroumof.

Anne d'Orgel fut agacé de cette absurde apostrophe. Il avait déployé une souplesse d'acrobate pour éviter la Russie, et rendait hommage à sa femme. Il lui attribuait ses puérils calculs; il l'admirait d'avoir si bien tourné la difficulté en s'isolant avec Naroumof. Elle le traitait avec respect, et du même coup empêchait que la conversation sinistre devînt générale.

Or voici que l'Américaine détruisait, d'une phrase, ce chef-d'œuvre.

Le prince Naroumof hésitait, s'exprimait avec une peine qui renforçait des paroles assez banales.

— Peut-on rendre les hommes responsables d'un tremblement de terre? Ce qui doit arriver arrive. Je crois que la France est trop disposée

à juger la Révolution russe d'après la sienne.
Mais, outre que dans un pays aussi étendu que le
nôtre les choses se passent forcément d'une autre
manière, le mot Révolution m'a toujours semblé
impropre pour définir ce qui arrive chez nous.
C'est un cataclysme, ce que vous voudrez, mais
pour moi je me refuse à accuser les malheureux
qui m'ont fait tant de mal.

" Pour vous prouver que tout ce que vous
savez sur la Russie, continua Naroumof, n'est
peut-être pas exact, pensez que l'on m'a dit assas-
siné. Or on n'a jamais touché à un de mes cheveux. Il est vrai, ajouta-t-il sombrement, qu'en
me laissant la vie, ils m'ont ôté mes raisons de
vivre. "

Il en coûte cher de modifier ses opinions. En
cette minute le prince put entrevoir que si sa vie
devait démentir l'opinion courante, il était déloyal
qu'il vécût.

— Naroumof a raison, dit la princesse d'Austerlitz, en se penchant vers Paul Robin. Pourquoi
toujours charger le peuple, l'accuser de tous les
crimes? Sans doute, là comme ailleurs, il y a de
mauvaises têtes, mais on y trouve aussi de braves
cœurs, et plus peut-être que n'importe où.

Hortense d'Austerlitz était, comme on dit,
" payée ", ou, plus exactement, payait pour le
savoir.

— Je fais partie d'une œuvre, reprit-elle, qui
me met en contact avec le peuple. Eh bien, je
vous assure que si nous avons la révolution, elle
ne viendra pas de lui.

Paul l'écoutait, éberlué, comme un oracle.
Hortense d'Austerlitz se revêtait d'une autorité
immense, depuis les acclamations de la porte
d'Orléans. Il ne savait où donner de la tête. Ses
préjugés se trouvaient détruits : une Austerlitz
qui exalte le peuple! Un familier du Tsar qui ne
jette pas l'anathème aux bolcheviks!

Le courage l'étonnait toujours, car à ses yeux
le courage n'était que de l'imprudence. Et pour
montrer de l'imprudence il faut être sûr de soi.
Ce Russe devait être un personnage pour oser
ne pas condamner ses assassins.

Le comte d'Orgel n'avait aucun parti pris;
il ne détestait rien de ce qui ajoute du lustre à
une réception. A la phrase d'Hester Wayne, il
avait frémi. Ensuite il s'enthousiasma : Voilà
un réfugié russe moins ennuyeux que les autres,
se dit-il.

Et chacun pensa comme Anne.

On ne se rendait pas compte que Naroumof,
par sa mesure même, atteignait au tragique.
Mme d'Orgel s'indignait de l'accueil fait à ce
drame. Elle souffrait encore plus de voir que

Naroumof n'avait aucune prise sur François, et
que celui-ci continuait, en compagnie de sa voisine, à s'isoler de la conversation des grandes
personnes. En dehors de Mme d'Orgel, seul
Mirza voyait en Naroumof autre chose que viva-
cité d'esprit. Il lui posait des questions précises.

— Vous êtes étonnant, Naroumof, dit Hortense d'Austerlitz, vous n'avez pas changé. Je
vous trouve même rajeuni.

— Je n'ai pas changé, dit le prince, mais j'ai
tout perdu. J'ai tout perdu, répétait-il d'une voix
douce. Que me reste-t-il? Et il ajouta en riant
très haut : il me reste le charme slave.

— Et le charme slave est venu à Paris pour
tout oublier, dit Anne, avec la voix des compères
de revue. Fêtons-le, mais ne l'ennuyons pas en
l'entretenant du cauchemar bolchevick.

Ce mot atroce tombait d'autant mieux que
Naroumof avait insensiblement conduit jusqu'à
la fin du dîner. On se levait de table.

Anne annonçait d'un ton péremptoire un
changement de spectacle, un autre tableau.

Et ce ne fut qu'en commençant à parler du
bal costumé que tout ce monde prit des mines
de conférence politique.

François trouvait lourd le rôle que le comte
d'Orgel lui faisait jouer dans l'élaboration de

cette fête. Anne, ne croyant pas lui pouvoir
donner une preuve d'amitié plus grande que de
le mettre toujours en vedette, le consultait à propos de rien. Paul, vexé du silence qui l'entourait,
ne se doutait pas du bonheur avec lequel François lui aurait cédé sa place.

Tout le monde était d'accord sur ce point,
qu'un bal costumé dégénère en carnaval si on
ne lui impose pas une directive. Il fallait un sujet
d'ensemble. C'était sur ce sujet que l'on s'entendait moins bien. On sentait l'orage dans l'air.
Si l'on ne m'écoute pas, pourquoi m'avoir appelé,
pensait chacun, prêt à donner sa démission.

Anne d'Orgel se démenait comme un diable,
pour ménager ces susceptibles. Mahaut le désespérait. " Je ne suis pas secondé ", pensait-il.
En effet, Mme d'Orgel, à l'écart des disputes,
continuait de s'entretenir avec Naroumof.

Le prince, malgré son désir de se mettre dans
la ronde, était un peu étourdi. Il fouillait dans sa
mémoire, cherchait à se rappeler des spectacles
frivoles, mais des souvenirs moins anciens le
replongeaient dans le noir.

François combattait son énervement, sa fatigue, décidé, coûte que coûte, à tenir sa place
dans cette conférence. Il agissait de la sorte pour
donner le change au comte d'Orgel. Mahaut le
voyait avec tristesse descendre à ces futilités. Elle

montrait un visage dur. François l'observait :
Quoi! Cette fausse morte était bien la femme qui
l'aimait, qui avait appelé Mme de Séryeuse au
secours? Il portait sa main à sa poche, touchait
la lettre. Il résistait à l'envie de la prendre, de la
relire. Il tremblait que les mots n'en fussent effa-
cés, ou qu'ils n'eussent changé.

Hester Wayne, un carnet sur ses genoux,
dessinait des costumes informes. Hortense d'Austerlitz en improvisait sur elle-même. Elle mettait
le salon à sac, se coiffait d'un abat-jour, essayait
mille mascarades qui réveillèrent en Anne la
passion la plus profonde des hommes de sa
classe, à travers les siècles : celle du déguisement.

Le comte d'Orgel pria François de l'accompagner pour l'aider à descendre des étoffes. Car pour
Anne les dessins restaient lettre morte. Il était
comme ses ancêtres ignorants, qui gagnaient des
batailles, mais n'auraient su déchiffrer une carte.
Tandis qu'il ouvrait des tiroirs, il dit à François :

— Je ne sais pas ce qu'a Mahaut. Ce soir, c'est
le comble.

François se détourna. Pour la première fois,
il ne vit plus en Anne cette espèce de supériorité
qu'il lui accordait d'office. Il le jugea. Il le trouvait puéril. Il le regardait se charger d'écharpes,
de turbans.

Ils redescendirent, et jetèrent les oripeaux sur le tapis. Les invités se les arrachaient. Ils voyaient dans ces loques la possibilité de devenir ce qu'ils eussent voulu être. François les méprisa. Il ne désirait être rien d'autre que lui-même.

Mme d'Orgel, malgré les prières, s'effaçait. Elle tenait compagnie à Naroumof. Il avait connu ce salon sous le règne du feu comte. Il se répétait : " La guerre a rendu tout le monde fou. "

Au milieu de cette bacchanale improvisée, Anne d'Orgel perdait la tête. Son visage montrait la fièvre des enfants excités par le jeu. Il disparaissait, reparaissait, plus ou moins applaudi dans des transformations assez peu variées. Hester Wayne prenait des poses, se drapait, en nommant des statues célèbres. Comme personne ne riait, parce que ce n'était pas drôle, elle put croire qu'on l'admirait.

Nombre de maris, par un manège habile, fussent moins bien parvenus qu'Anne d'Orgel, par son manque d'à-propos, à mettre des distances entre leur femme et le danger. Ce manque d'à-propos allait tirer son bouquet. Car Anne, qui s'était encore éclipsé, reparut coiffé du feutre tyrolien de Naroumof. Il esquissait un pas de danse russe. Cette confusion de folklores, ce chapeau vert à plume de coq, exci-

tèrent le rire. Seul le prince semblait mal goûter
ce numéro.

— Je m'excuse, dit-il. Ce chapeau est à moi.
Il m'a été donné par des amis autrichiens, qui ne
pouvaient rien m'offrir d'autre.

Un froid horrible paralysa les rieurs. Dans
le tohu-bohu on avait presque oublié la présence
de Naroumof. Il prenait maintenant figure de
juge, rappelait l'inconscience à l'ordre, réveillait
le respect dû au malheur. La folie collective apparaissait. Chacun accusait les autres de l'y avoir
entraîné, en voulait encore plus à ceux qui avaient
gardé de la mesure.

Mme d'Orgel fut atterrée. Son mari ne se
contentait pas de prêter une oreille distraite à
Naroumof; il oubliait, dans une griserie enfan-
tine, les moindres délicatesses du cœur. Elle
était d'autant plus atteinte qu'il se diminuait
juste au moment où elle avait besoin de le gran-
dir. Qu'Anne se diminuât devant Séryeuse, il
était au-dessus de ses forces de le supporter. Que
pourrait-elle répondre, si François lui reprochait
de sacrifier son amour à un homme aussi puéril?
Il était dur de voir celui dont la seule présence
eût dû convaincre François de son crime prendre
l'aspect d'un clown.

Mme d'Orgel raisonnait juste. Depuis la chambre aux étoffes, Anne se livrait à François comme

le dépeignaient ses ennemis; mais François souffrait, sachant ce que cette apparence futile cachait de noble et de beau. S'il n'avait encore aimé Anne, il n'aurait eu qu'à se réjouir de cette besogne dont il suivait le résultat dans les yeux de la comtesse d'Orgel.

Le drame se complaît souvent autour des objets les moins significatifs. De quelle signification puissante il aime alors à revêtir un chapeau! La comtesse lut en François comme elle comprit qu'il lisait en elle. Elle fit alors un de ces gestes d'autant plus héroïques que leur grandeur ne frappe personne, tant nous préjugeons et tant il nous est difficile d'admettre qu'un feutre tyrolien peut devenir le centre d'une tragédie.

Elle calcula qu'il ne lui restait plus qu'une ressource. Sa répulsion même à l'employer lui prouva qu'elle serait efficace. Il s'agissait de s'associer au geste d'Anne, de devenir sa complice; en un mot, de répondre silencieusement à François qu'elle n'avait pas trouvé odieux le rôle de son mari.

Aux paroles sèches de Naroumof, elle se leva, se dirigea vers Anne. Elle marchait à la mort.

— Non, Anne, comme ceci, dit-elle, en cabossant le chapeau.

La gêne n'eut plus de bornes. Anne d'Orgel avait du moins l'excuse de son étourderie, de

l'excitation. Mais l'acte de la comtesse d'Orgel
prouvait une froide volonté de surenchérir,
insupportable après les phrases de Naroumof.

Elle avait calculé juste.

" Voilà comment il la déforme! " se dit François.

Si quelque chose eût été capable d'affaiblir
l'amour de Séryeuse, Mahaut eût pleinement
récolté le fruit de son sacrifice. Mais elle ne pouvait plus procurer à François que cette tristesse
qui augmente l'amour.

De tous, le prince Naroumof fut le plus étonné.
Il retint un mouvement de colère. Puis : " Mais
non, se dit-il, la chose ne peut pas venir d'elle. "
Il avait trop apprécié la comtesse, et son vieil
orgueil ne voulait pas s'être mépris.

Ainsi, le seul qui la connût mal tombait juste.
Les souffrances avaient affiné Naroumof; et il
était un Russe : deux raisons pour mieux comprendre les bizarreries du cœur. Lui seul était
proche de la vérité. Il " brûla " : il devina que
Mme d'Orgel avait une raison secrète : " Elle est
trop fine pour n'avoir pas eu honte de son mari,
se dit-il; elle est venue prendre sa part de blâme. "

Où Naroumof se trompa, ce fut en y voyant
un geste d'amour conjugal.

Ainsi, loin de l'exaspérer, ce geste poussa

Naroumof à se dominer. A l'apparition d'Anne
d'Orgel il avait été le seul à ne pas rire. Il fut
maintenant seul à s'esclaffer.

— Bravo! s'écria-t-il.

Cette volte-face stupéfia.

Anne, qui avait eu des doutes sur le tact de
son entrée, retrouva son assurance. Et le bravo
du prince sentait si peu l'ironie que tout le monde
respira.

Mahaut s'assit. "On ne peut mépriser plus
galamment", pensa-t-elle. Il était au-dessus de
ses forces d'imaginer comment François pouvait
la juger.

Chacun, comme en cachette, abandonnait ses
oripeaux.

— Eh bien, nous n'avons guère travaillé au
bal, dit Anne. D'ailleurs, c'est ma faute.

— Vous partez déjà? dit à Mirza et à sa nièce
Mahaut, qui n'aspirait qu'au départ général.
Elle eût voulu crier : "Allez-vous-en!" Elle
sentait ses forces fondre. "Pourvu que je ne
m'évanouisse pas avant le départ du dernier!"
Ce dernier, ne serait-ce pas François? Mahaut
redoutait de lui offrir le spectacle de sa faiblesse.

Mais le prince Naroumof était leur hôte. Elle
ne pourrait lui fausser compagnie immédiatement après la réception, et elle sentait la faiblesse
la gagner avec une rapidité folle.

" Pourvu que François parte vite, se répétait Mme d'Orgel, qu'il ne sache rien ce soir, qu'il passe encore une nuit calme. "

Soudain, dans son vertige, la folie de sa prière à Mme de Séryeuse lui apparut. Si sa mère ne lui dit pas la vérité, que dira-t-elle? Aucune raison ne lui paraissait assez convaincante, pour les séparer, hors leur amour, et encore se prenait-elle à douter de cette raison. " Si Mme de Séryeuse invente, François le sentira, voudra savoir, accourra. "

Mme d'Orgel divaguait. Elle se tenait à peine debout devant Hester Wayne.

A ce moment, du salon voisin, où s'attardait le comte qui accompagnait Mirza, elle entendit le rire de la Persane. Hester Wayne la retint par la taille. Elle tombait. On l'étendit.

Par un réflexe, qui prouvait que, quoi qu'il en pensât, il le considérait encore comme plus autorisé que lui à intervenir, Séryeuse courut au comte d'Orgel :

— Mahaut se trouve mal.

— Allons, bon! dit Anne d'Orgel.

Il rentra, suivi des autres. Mais Mme d'Orgel était déjà remise et se raidissait contre une nouvelle défaillance.

— François nous fait de ces peurs, s'écria Anne. Il vous voyait évanouie!

Tous reconnurent dans cet épisode l'apothéose
d'une soirée si lourde. Hester Wayne détestait
Mahaut depuis qu'on chuchotait sur François et
sur elle.

— "Il est volage, il en a assez de Mahaut
qui est folle de lui. Il faisait la cour à la nièce de
Mirza ", murmura-t-elle, dans sa médisance sim-
plette, à Paul Robin, émerveillé par les succès de
François.

— François voudrait rester un peu avec vous,
dit naïvement Anne d'Orgel à sa femme, devant
les derniers partants, stupéfaits de cette complaisance.

— Non, non, s'écria Mme d'Orgel. Laissez-
moi. Et comme ce cri pouvait surprendre, elle
ajouta en lui tendant la main :

"Vous êtes trop bon, François, mais je vous
assure, je n'ai besoin que de sommeil. "

— Je prendrai de vos nouvelles demain matin,
dit Séryeuse.

Mahaut le regarda avidement disparaître dans
l'autre pièce, accompagné par Anne.

Paul Robin attendait son ami à l'angle de la
rue froide. Comme François ne lui parla que du
bal, il regretta de n'être pas revenu dans la voiture d'Hester Wayne.

A son supplice d'entendre la porte se refermer, vint s'ajouter pour Mahaut la certitude qu'elle ne pourrait, comme elle s'était flattée de le faire, se passer d'Anne. Après la scène du chapeau, pensait-elle, François reviendra. Et comme elle sentait le mortel danger de le revoir, il fallait donc que ce fût Anne qui le reçût...

— J'aurai à vous parler ce soir, lui dit-elle, quand il revint.

— J'installe Naroumof et je monte chez vous.

Tandis qu'elle se déshabillait, Mme d'Orgel se trouvait dans cet état où les pensées ne viennent plus au monde, mais seulement des images sans lien. Elle suivait François de Séryeuse dans la rue, arrêtait une voiture avec lui, marchait avec lui sur la pointe des pieds dans l'antichambre de l'Ile Saint-Louis. François lui avait plusieurs fois parlé de Mme Forbach comme d'une sainte. A la faveur de ces souvenirs, Mahaut s'efforça

de penser à son devoir, mais les images prenaient
toujours le dessus, et elle voyait, à la place du
devoir, ces Forbach, ce couple infirme.

Il semblait incroyable au comte d'Orgel qu'une
femme eût à parler à son mari. Sans qu'il soupçonnât ce que pourrait être leur conversation,
il n'était guère empressé.

Il tourniquait dans la chambre de Naroumof.

— Vous n'avez besoin de rien? Vous avez
tout ce qu'il vous faut?

Il descendit dans le salon. Il ramassa les
costumes, laissés sur les fauteuils, alla replacer
le chapeau de Naroumof dans le vestibule,
puis remonta, rangea les étoffes une à une. Il
espérait ainsi arriver trop tard, et que Mahaut fût
endormie.

Par une de ces ironies dont le sort aime à nous
accabler, Mme d'Orgel n'avait jamais attendu
Anne avec autant de hâte. Elle souffrait de cette
impatience qu'il n'est naturel d'éprouver qu'en
face du bonheur. Ce moment tragique des aveux,
elle ne pouvait l'attendre, elle eût voulu aller au-
devant de lui. Sans doute n'avait-elle plus aucune
confiance en elle-même et voulait-elle qu'on la
forçât; mais n'y avait-il pas aussi dans sa hâte un
peu de ce besoin instinctif de punir une incon-

science dont la scène du chapeau n'avait été qu'une image d'un sou?

Anne d'Orgel entra. Il s'assit auprès du lit de sa femme.

D'abord, il voulut lui donner, sous une forme enjouée, une véritable leçon.

— Eh bien! qu'est-ce que cela? s'évanouir devant le monde? C'est d'un effet désastreux, ne pouviez-vous prendre sur vous?

— Non. Je suis à bout de forces, je ne peux plus continuer seule.

Un jour d'aveux bien innocents, le jour où François lui avait serré le bras, on se rappelle que Mahaut avait menti, sans prendre part à son mensonge, et pour ainsi dire entraînée par le courant du langage. Fut-ce par un phénomène du même genre qu'elle dévida d'un seul trait, et sur le ton du reproche, ce qu'elle eût dû s'arracher mot par mot, en souhaitant de mourir en route?

On pourrait simplement conclure, devant cette scène, qu'un courroux inexplicable poussait Mme d'Orgel à de gênantes méchancetés. Ce fut presque de cette façon que l'entendit Anne. Devant la placidité de Mahaut, il se disait que les gens en colère ont souvent cet air calme. Le calme, hélas! venait de plus loin. Ayant eu le temps de s'habituer à l'idée qu'elle aimait François, elle

se rendait mal compte de ce qu'une révélation
pareille pouvait produire. Ce fut ce qui lui per-
mit de parler net. A cause de cette netteté, de
cette sécheresse, le comte d'Orgel ne comprit
pas. Elle s'en aperçut, s'affola. On est malhabile
en face d'un incrédule. Devant l'incompréhension de son mari, la comtesse, qui s'était promis
de s'accuser seule, éclata. Et parce qu'elle renforçait son aveu de griefs qu'Anne jugea chimé-
riques, l'aveu, comme le reste, apparut faux à son
mari.

Que se passait-il chez Anne d'Orgel? Croyait-
il Mahaut, et ses sentiments étaient-ils paralysés
par une douleur trop forte? En tout cas, il ne
sentait rien. Il lui sembla que tout lui était égal,
qu'il n'aimait pas Mahaut.

Elle se tordait les mains, suppliait.

— N'ayez pas cette figure incrédule. Ah!
si vous sentiez quelle cruauté est la vôtre en
m'obligeant à vous convaincre d'une chose dont
j'ai un tel désespoir!

Elle s'exténuait, s'enrouait a se charger, à
appuyer sur les détails qui peuvent faire le plus
de mal. Désespérant d'être entendue de son
cœur, elle tenta de blesser plus directement l'orgueil du comte. Elle lui dit qu'il avait eu envers
Naroumof une conduite inqualifiable, et lui
dévoila sa fausse complicité.

Si Anne d'Orgel s'était tu jusque-là, admettant, au besoin, sa maladresse dans les choses du cœur, il prétendait remplir incomparablement son métier mondain. Mahaut visa donc juste. Mais ce fut aussi à cause de cette prétention qu'il décida de rester raisonnable, mesuré, coûte que coûte, quoi que pût dire Mahaut, et pour ne pas lui ressembler.

— Tenez, dit-il, vous êtes malade, nerveuse, méchante. Vous ne savez de quoi vous parlez. Je connais Naroumof; il aurait été incapable de me cacher son humeur, s'il en avait eu. Nous nous sommes séparés le mieux du monde.

Il continua :

— Vous êtes une enfant, et, voyez-vous, toutes ces idées-là viennent de ce que vous n'avez pas été élevée, scanda-t-il presque avec morgue. Pardonnez-moi, Mahaut; je trouve risible que vous vous mêliez de m'apprendre ce que je sais mieux que personne. Vos reproches à propos de Naroumof m'enseignent, si je ne le savais déjà, que toutes vos peurs sont aussi vaines, aussi sottes... Vous avez la fièvre, vous regretterez cette scène au réveil.

Il se leva.

Mahaut se dressa à moitié hors du lit et le retint par sa manche avec une force qu'elle ne se soupçonnait point.

— Quoi! vous partez? vous allez partir?

Décidé à ne pas sortir de lui-même, Anne
d'Orgel se rassit, en soupirant. Mahaut admit
alors que peut-être, derrière cette façade, il y
avait en Anne un homme qui souffrait. Et une
réponse qui lui avait été dictée par la rébellion,
elle la fit d'un ton humble :

— Eh bien, ces idées sont si peu vaines que
j'ai écri à Mme de Séryeuse. Elle est venue. Elle
sait tout. Elle n'a pas estimé que c'étaient des
enfantillages.

— Vous avez fait cela! bégaya-t-il.

On sentait si bien l'indignation, la colère dans
cette voix, que Mme d'Orgel eut enfin peur.
Elle fut sur le point de se justifier.

On sait qu'il était dans le caractère du comte
d'Orgel de ne percevoir la réalité que de ce qui
se passait en public. Ne comprit-il qu'à ce moment, et à cause de la lettre à Mme de Séryeuse,
que Mahaut ne lui avait point menti, qu'elle
aimait François? Anne, que cette scène avait
laissé froid, admit qu'il allait peut-être avoir mal.
Il eut peur, moins de la souffrance que des gestes
qu'elle lui ferait accomplir. Il pressentit que
peut-être il ne considérerait pas toujours cet aveu
comme il persistait de le faire : une inconvenance
qui tirait sa gravité d'avoir été publiée. Contrai-
rement aux autres hommes qui se laissent aller

à ce qu'ils éprouvent, et songent ensuite aux
moyens d'empêcher le scandale, le comte allait
professionnellement au. plus pressé, c'est-à-dire
qu'il exploitait son choc, son hébétude, et, commençant par la fin, gardait pour la suite et pour
le moment où il serait seul les angoisses du
cœur.

Enfin, il semblait comprendre! Mahaut voyait
bien que sa phrase avait porté. Attendant et
souhaitant une tempête, elle ferma les yeux.
Mais Anne regrettait déjà d'avoir pu, par des
mots prononcés plus fort que les autres, sortir
de son cérémonial. Mahaut, tremblante, l'entendit
donc qui disait d'une voix très douce :

— C'est absurde... Il faut que nous cherchions
un moyen de tout réparer.

Il y avait entre ces deux êtres une grande
distance. Elle rendait impossible à Mahaut de
saisir le mécanisme qui amenait cette douceur.
Elle se coucha doucement sur son oreiller, comme
dans ces rêves qui se terminent par une chute.
Ces sortes de chutes réveillent. Elle se réveilla,
se redressa. Elle regardait son mari, mais le comte
d'Orgel ne vit pas qu'il avait devant lui une autre
personne.

Mahaut regardait Anne, assise dans un autre
monde. De sa planète, le comte, lui, n'avait rien
vu de la transformation qui s'était produite, et

qu'au lieu de s'adresser à une frénétique, il parlait maintenant à une statue.

— Allons! Mahaut, calmons-nous. Nous ne vivons pas ici dans les Iles. Le mal est fait, réparons-le. François viendra au bal. Et peut-être serait-il bon que Mme de Séryeuse vînt aussi.

Puis, l'embrassant sur les cheveux, et prenant congé d'elle :

— François *doit* faire partie de notre entrée. Vous lui choisirez un costume.

Debout dans le chambranle de la porte, Anne était beau. N'accomplissait-il pas un devoir d'une frivolité grandiose, lorsque, sortant à reculons, il employa, sans se rendre compte, avec un signe de tête royal, la phrase des hypnotiseurs :

— Et maintenant, Mahaut, dormez! Je le veux.

IMPRIMÉ EN FRANCE PAR BRODARD ET TAUPIN
Usine de La Flèche (Sarthe).
LIBRAIRIE GÉNÉRALE FRANÇAISE - 6, rue Pierre-Sarrazin - 75006 Paris.
ISBN : 2 - 253 - 01028 - 6